小学館文庫

悪役魔女に花束を

平里 浬

小学館

Contents

Akuyaku majyo ni hanataba wo

序

果たしてこれは夢か幻か。

瞬《まばた》きする間に世界が一変するなんて、いったい誰が想像できる？

しかも処刑場に召喚？　だって？

そもそも魔女ってなんだよ。魂の器とか呪いとか言われても知らねえよ。

笑えない冗談はやめてくれ。

「ちょっと……待……」

今日まで好きに生きてきたし、数々の窮地を自力で乗り越えてきた俺だが、こんなわけわかんねえ状況、誰が想像できるっていうんだ。

はっきりしているのはただひとつ。

いまが人生最大のピンチってことだ。

第一章　青天の霹靂

悪いことは重なる、というのは本当らしい。

なにしろつい最近、住処《すみか》も職も、ばかみたいに賑《にぎ》やかだった家族も、ついでに言えば恋人と思っていた女も失ったのだ。母親が存命だったなら、三十四にもなってまだふらふらして、大学にまで行かせた意味がないと激怒しただろうが、こんな姿を見せずにすんだのは、彼女にとっても俺にとっても幸運だったのかもしれない。

なんて柄にもなく物思いに耽《ふけ》る程度には、ダメージを食らっている。

「解散とか、容易《たやす》く言ってくれるぜ。家族っつっても、所詮はみ出しモンの寄せ集めだったってか」

ふらりと立ち寄った寂れた宿場町の橋から川を眺めつつ、ついぼやきが口をついて出る。謂《い》わば傷心旅行だし、夕闇の迫る町に人通りはないしで取り繕う必要もなかった。

「他の組からの誘いを受ける気になんてならねえ。かといって、いまさら就活もなあ。

そもそもカタギの会社が雇ってくれるか？」

電子煙草《たばこ》ですら肩身の狭い昨今、人目がないのをいいことに煙草を唇にのせ、火をつける。

「つか、何年だ？　大学三年のときに声かけられて、事務所に出入りするようになったから……うわ、なんやかんやで十三年か」

当時アルバイトをしていた飲食店で、難癖をつけてきたチンピラを叩《たた》きだしたところにたまたま親父《おやじ》が通りかかったのがきっかけだった。気に入られて、軽い気持ちで事務所に出入りするようになって、案外居心地がよかったせいで流れのまま組に入った。

慶司《けいじ》は堅い仕事のほうが向いてるよ、と親父にはよくからかわれたが、そのたびに出来のいい息子がいなくなったら困るでしょうと言い返したものだ。

「結構俺は、本気だったんだけどなあ」

父親を知らないせいだと言われればそのとおりだろうが、この世で親父と呼べる人間はあんたひとりだったのに、さっさとくたばっちまいやがって。

欄干にもたれかかったまま、吐き出す煙がため息交じりになるのも致し方ない。まさか親父の遺言が「組の解散」だとは予想だにしていなかった。てっきり俺は、皆で力を合わせて盛り立てていくようにと――。

「あー、やめだ、やめだ。辛気くせえ」

せっかくの一人旅。温泉に浸《つ》かり、うまい肴《さかな》で一杯やって憂さ晴らしでもするしかない。暗くなる前に宿に戻ろう、と足を踏み出したそのとき、足元になにかが絡まるのを感じて視線を下ろした。

「なんだ？」

黒い毛玉にも見えるそれは猫で、なぜか靴に擦り寄ってくる。野良同士とでも思っているのか。苦笑いしつつ手を伸ばし、抓《つま》み上げた。

「重っ。おまえ、でかいな」

通常より一回りは大きい黒猫は、やけに人懐っこい。首輪がついているところをみると、近所の飼い猫なのだろう。逃げる気配もなく腕におさまり、まるで値踏みでもするかのごとく、まなこをまっすぐこちらへ向けてくる。

「食い物でもあればいいけど、まさか旅館に連れて入るわけにはいかないしなあ」

悪いな、と黒猫を地面に戻そうと身を屈《かが》めた、その直後だった。目の隅をなにかが掠《かす》め、反射的に川面《かわも》に視線を向ける。

日没前にしては昏《くら》く澱《よど》んで見える川面の、そこだけチカチカと光って見え、不思議に思って覚えず身を乗り出した。

目を凝らす間にもさざ波が起こり、それは渦となって広がっていく。

「なんだ、あれ」

初めて見る現象に驚きつつ観察しているうち、くらりと目眩《めまい》を覚えた。さらに視界が回り始め、やばいと両手で欄干に摑《つか》まる。が、いっそうひどくなる一方なうえ、身体《からだ》が引っ張られるような感覚もそこに加わった。

「待て待て待て！　やっば……どうなってるんだっ」

これ以上はとてももたない！　落ちる！

「……マジかよっ」

それが最後に発した言葉になった。一気に増した重力に引きずられ、橋から転落する。昏い渦が視野いっぱいまで広がった次の瞬間、五感のすべてが遮断された。

目も耳も鼻も。

意識が朦朧《もうろう》となり、死が脳裏をよぎったかと思うと、目映《まばゆ》いばかりの、まるで炎のような赤に包まれていた。

「うぅ……痛《いて》え」

身体じゅうに痛みが走る。これまで経験したことのない痛みだ。骨という骨がバラバラになったかと思うほどに軋《きし》み、やたら熱い。怪我《けが》の具合を確かめようにも、腕一本上げるのも困難だ。

呼吸すらままならず、息をしろと自身に命じてなんとか口をぱくぱくと開いた。

どれくらいそうしていたか。やがて赤一色だった視界に別の色が混じる。徐々に音も聞こえるようになった。

誰かの声がする。ひとりではない。大勢だ。大勢が騒いでいる。

いったいなにが起こったのか。砂嵐のごとく霞《かす》んだ周囲を目を凝らして確認すると、俺を覗《のぞ》き込んでいるいくつもの顔がいきなり目に飛び込んできた。

「……誰だ、てめえら」

質問というより疑念、狼狽《ろうばい》から発した言葉だった。しかし、誰ひとり答えをくれる者はいない。代わりに、いっそうのどよめきが耳に届く。

スタ……スト……？　スト……ガ？　なんだ……なにを言ってるんだ？

最初こそ外国語かと思ったものの、

「きっとこれは呪いです！」

誰かが叫んだその一言をきっかけに、すべての言葉が聞き取れ、正確に耳に入ってきた。悪口という表現が生易しく思えるほどの罵声を浴びせられているとわかり、躊《ちゅう》躇《ちょ》したのは短い間で、次第に腹が立ってきた。

「ああ？　覚悟があって喧《けん》嘩《か》売ってるんだろうな？　俺はなあ、泣く子も黙る伝《てん》馬《ま》組《ぐみ》若頭の右腕と言われた、蓬莱慶《ほうらい》——」
　脅しを込めて凄《すご》んだつもりだが、肝心のところで喉が引き攣《つ》れ咳《せ》き込んでしまう。
これでは格好がつかない。
「ああ、なんて不吉な」
「早くこの者を処分しなさい」
「火あぶり？　磔刑《たっけい》？　それとも吊《つる》しますか」
「しかし、呪いとなると、不用意な真似《まね》をすればどんな凶事を招くはめになるか」
　その間にも、上から好き放題の罵声が降ってくる。烏合《うごう》の衆《しゅう》に嚙《か》みついてやろうと
歯を剝《む》いたはいいが、自分が仰向《あおむ》けにひっくり返っている状態だと気づき、ぎしぎし
と軋む身体を無理やり動かして上体を起こした。
「俺を侮辱しやがったこと、後悔させてやるからな」
　耳鳴りのする頭をひと振りし、そう吐き捨ててから、ひとりひとりを睨《にら》みつけてい
く。彼らの風貌を前に、内心ではこれまで以上に戸惑いながら。
　刺繡《ししゅう》の施された丈の長い上着を身につけた、いかにも官僚然とした奴《やつ》らの背後にい
るのは、教科書か歴史スペクタクル映画でしか見たことのない衣装を身につけた男た
ちだ。
　膝丈のチュニックにブリーチズ。頭にはフードつきのヘルメット。ヘルメットの中

央には、鳥だか獅子《しし》だかの紋章入りときている。おっさんどもが高位で、彼らが所謂《いわゆる》衛兵か。

ああ、なるほど。きっとこれは映画の撮影だ。なにがどうなったのか、うっかり撮影現場に入り込んでしまったにちがいない。

幸い痛みがやわらいできたのでなんとか立ち上がり、両足で踏ん張った。

「撮影の邪魔して悪かった。こっちも不測の事態で、混乱してたんだ」

カメラを探して視線を巡らせても、それらしいものは見当たらない。俳優たちにしても様子がおかしい。

映画の撮影、ではない？

「悪いが、誰か説明してくれ。ここはいったいどこで、どうなっているんだ？」

冷静になってみれば、明らかに普通ではなかった。これが現実なら、なんらかの異変が起こっている。

なにしろさっきまで夕刻だったのに、いま頭上にはさんさんと照りつける太陽。橋の上から川を覗き込んでいたはずが、広場と思《おぼ》しき場所で大勢に囲まれているのだ。

しかし、返ってきたのはさっきまでと同じ言葉だった。

「呪い」「不吉」「凶事」「災い」

いいかげんにしろ。うっとうしい。

心中で吐き捨て、顔をしかめたとき、誰かが大声で叫んだ。

「魔女が、呪言で呼び寄せた者にちがいありません！」

「は？」

いまなんと言った？　誰が誰を呼び寄せたって？

「まさか魔女が乗り移っているのか」

「きっと、自らの器となる者を召喚したのです」

「おお、なんと怖ろしい」

「魔女の器！」

魔女――って、あの魔女か？

理解不能すぎて、頭を抱える。

ばかばかしい。ここまでくると、もはやどこから突っ込めばいいのかわからない。

荒唐無稽な展開にすっかり頭が冷えた自分とはちがい、周囲はまさに上を下への大騒ぎだ。こんな調子では、いつまでたってもまともに話もできない。

「黙れ！」

一喝し、静かになるのを待ってから先を続けた。

「こっちもなにがなんやらわかんないから聞いてンだろ。誰か冷静かつ簡潔にこの状況を説明できる、ちゃんと頭の回ってる者を連れてこい」

穏やかに対処しようと最大限の譲歩をしたつもりだ。しかし、その努力も虚《むな》しく、皆が皆、化け物にでも遭遇したかのような驚きと恐怖に満ちた視線を向けてくるばかりになる。

一番混乱してるのはこっちだってのに。

くそっ、と小さく毒づいたのと、ひとりの青年が颯爽《さっそう》と進み出たのはほぼ同時だった。

「私が説明しましょう」

整った目鼻立ちに、すらりとした体躯《たいく》。栗色《くりいろ》の髪。碧色《へきしょく》の目は深い湖を思わせる。

これが映画であれば、まごうかたなき若き主役《ホープ》の登場だ。彼はその他大勢のモブとは異なり、二十代前半だろうにもかかわらず、出《い》で立《た》ちにしても立ち居振る舞いにしても上等な部類の人間だと一目で察せられた。

「魔女が処刑されて、入れ替わりに現れたのがあなたです。まさに降って湧いたという表現がふさわしいタイミングで、忽然《こつぜん》と」

声もいいし、なによりオーラがある。

オーラといえば、俺だって仲間内からオーラがあるとよく言われた。目鼻立ちがはっきりしてるし、背も高いし、お兄さん素敵！　なんてこれでも夜の嬢からはそこそこ人気があった。

いや、いまそんなことはどうでもいい。とにかく、やっと話の通じる相手が出てきてくれた。

彼の説明自体は到底受け入れられるものではなかったが。

「なんだよ、魔女の処刑って」

まずはそこからだ。

冗談だろ、と肩をすくめる。きっと聞き間違いだ、聞き間違いであってほしい。その願いはいともあっさり打ち砕かれた。

「自身の魂の器にするために魔女が召喚した、と皆思ってます。あなたが、魔女の死とともに突然現れたのは事実ですから」

「いやいや……」

あまりに突飛な話でついていけない。

確かに冷静かつ簡潔な説明を求めたのは自分で、彼はそのとおりにしたにすぎないとわかっていても、ますます混乱してくる。理解の範疇《はんちゅう》を超えていた。

魂の器？　魔女が召喚？

理解できるわけねえって。

は、と乾いた笑いが漏れた。正直、笑うしかなかった。

「俺を担ごうってか？　ああ、あれか。フラッシュモブってヤツ。そういうの時代遅れだし、好きじゃねえわ」

冗談にしたくて周りを見回す。しかし、笑っている者は皆無だ。なんだよ、と舌打ちしながらなにげなく後ろを振り返った瞬間、目に飛び込んできた光景に俺は絶句した。

階段がある。五段ほどあるそこから視線を上げれば、舞台。ただの舞台ではない。

これも映画でしか知らない処刑台だ。

なぜならそこには、ぶすぶすと燻《くすぶ》っている焚《た》き木《ぎ》があり、さらにその上には——。

「……ぅわっ」

あまりのむごさに口許《くちもと》を押さえる。

真っ黒に焦げている塊。あれは——まごうかたなき人間だ。大きく開かれた口や眼窩《がんか》、耳のあった場所から出ている煙があまりに生々しい。後ろ手に縛られていただろう細い腕の片方はぶらさがり、いまにも落ちそうにぶらぶらと揺れている。誰であろうと、悶《もだ》え苦しんだのは間違いない。

視認すると嗅覚も戻り、肉の焼け焦げた臭いに胃液が逆流してきて、苦い唾を吐き出した。

「んだよ……」

シャツの袖で口許を拭い、顔を背ける。すると、処刑台を囲むように張り巡らされた柵の向こうに、鈴なりになっている民衆の姿が見えた。

騒動を案じているわけではない。みな昂揚《こうよう》し、口々に野次を飛ばし始める。

「そいつも処刑しろ！」というのはまだマシなほうで、やがて「吊せ」「燃やせ」「腸《はらわた》を引きずり出せ」と聞くに堪えない悪言をぶつけてくる。

ごく普通に見える民が、だ。

そのへんに屯《たむろ》しているチンピラが可愛《かわい》く思える下劣な野次に啞然《あぜん》としつつも、どうやらこれは夢でも幻でもましてや映画の撮影でもなく、現実だと認めるしかなくなった。

宿場町の橋の上にいたはずの俺は、なにがどうなったか魔女の処刑というとんでもない場に放り込まれたようだ、と。

解散？　就活？

些末《さまつ》なことで憂いている場合ではない。生きるか死ぬかの瀬戸際に立たされているのだ。

このままでは、騒動に乗じて軽率なノリで処刑されかねない。

冗談じゃねえ。だが、だからといってどう対処すべきなのか、いい案はなにも浮かばなかった。混乱してまったく頭が回らず、焦りばかりが先に立つ。

その間にも民衆のボルテージは上がっていき、「処刑」の大合唱で、いよいよやばい雰囲気になってきた。

絶体絶命のピンチに陥り、背中に一筋の汗が流れる。

「騒ぎをおさめるためにも、ひとまずこの者をここから連れ出しましょう」

件《くだん》の青年が割って入った。

地獄に仏とはこのことだ。民衆の勢いに呑《の》まれつつあった官僚と思しき奴らも、青年の助言を受け入れ、連れ出すよう配下に命じた。

命拾いしたと胸を撫《な》で下ろしたのもつかの間、数人の衛兵によってたかって小突かれたり引っ張られたりすると、それはそれで苛々《いらいら》する。

「汚《きたね》え手で俺に触んじゃねえ」

これ以上我慢できるはずがない。なんで我慢しなきゃならないんだ？

こっちはキャパオーバーなんだ。

「放せって言ってんのが聞こえねえのかよっ」

相手構わず手近にいる者を殴り、蹴り、暴れ回る。が、それもわずかな間だった。

疲弊した身にはもはや限界。血の気が引いていき、目の前が暗くなる。立っているのも難しくなって膝をついた途端、地の底へ沈んでいくような感覚に陥ったかと思うと、なぜか親父の顔が浮かんできた。

血の繋《つな》がりはなくとも、自分にとっては頼りになる親父だった。

――おまえは学も度胸もあるのに、なんでか世渡り下手よなあ。危なっかしゅうて敵《かな》わん。まあ、ワシはおまえのそういうとこ嫌いやないが、たまにどこのおっちゃんやって思うほどえらい口が悪うなるのが玉《たま》に瑕《きず》や。せっかくのインテリも台無しやな。

細い目をさらに細くして笑う親父の顔に、いつもどう答えていいのかわからなかった。東京生まれ東京育ちの俺がどこかのおっちゃんになるのはあんたの影響なんですけどね、なんて返そうもんなら、やめときやとますます笑われてしまうだろう。

――なにやってんのよ、慶ちゃん。

どういうわけか、次には母親が現れる。

――女手ひとつで必死で育ててきたっていうのに、あんたときたら親の苦労なんてこれっぽっちもわかってないし。

わかってたさ。わかってたから大学は奨学金で行っただろ。まあ、お世辞にもいい息子ではなかったのは事実だけどよ。

「…………」

そういやふたりともとっくにあの世に行ったんだった。となると、ここはあの世で、俺も死んだというわけか。

それならこの状況も受け入れられる。おそらく今際《いまわ》の際《きわ》に、親父とおふくろが不肖の息子を迎えにきたのだ。

すまんな、親父。おふくろ。

どうやら齢《よわい》三十四にしてあんたらの仲間入りをするはめになってしまったらしい。死にたくはないが、これも運命だと受け入れるしかなさそうだ。

……なにやってんだ、俺……。

親父もおふくろもさぞ呆《あき》れているにちがいない。おまえはまだなにひとつ成し遂げていないじゃないか、と。

――これを機に、まっとうな大人になるってのもありやと思うが？

――まっとうな大人って、なんですかね。

――そりゃあ、あれだ。まっとうって言ったらまっとうよ。

――親父もわかってないんじゃないっすか。

――とにかくや。なにか一生懸命になれることでも見つけたら、おまえにもわかるんやないか。あんじょう気張りや。

そうだ……俺は……まだ、なにひとつ見つけられてねえ。

このままでは死んでも死にきれない。あきらめてたまるか。

なんとか浮き上がろうと、両手両足を動かしてもがく。意地でも死んでたまるか。

みっともなくあがいているうち、次第に意識がはっきりしてきた。

今度はどこだ？　灰色の壁を凝視する。それが壁ではなく天井だと気づくのに数秒を要し、重い四肢を動かしてなんとか上体を起こした。

ここが牢《ろう》で、投獄されたと知るのにさらに数秒。

石牢内は暗く、鉄格子のはまった小さな明かり取りの窓からオレンジ色の夕陽《ゆうひ》がわずかに射《さ》し込んでくるが、壁にかかったオイルランプだけが頼りだ。

もっとも明瞭に室内を確認できないのは幸いかもしれない。自分が寝ている年季の入ったお粗末なマットの状態など見たくないし、隅でごそごそ動いている「なにか」の正体となれば、視界にも入れたくなかった。

「にしても……痛え」

ただでさえ満身創痍《まんしんそうい》のうえ、投獄される際に抵抗したせいか身体じゅうあちこちに痛みが走る。

擦り傷、打ち身、捻挫。息をするのもつらいほどだ。

「あばらがいってなきゃいいけど」

横腹を手で押さえつつ、粗末なベッドに腰かけて肩でゆっくり息をする。カビ臭い、湿った空気はお世辞にも爽快とは言いがたかったが、なんとか動けそうなことにほっとした。

こちらの言い分も聞かず一方的に罪人扱いされて憤慨する半面、いまはまだ戸惑いのほうが勝っている。自分になにが起こったのか、頭のなかを整理することが最優先事項だった。

一から順序立てて、今日の出来事を脳内で並べていく。

人生の岐路に立たされ、ふらりと訪れた宿場町の橋で柄にもなく将来を憂い、鬱々としていた。宿に戻ろうとしたものの——その前に黒猫だ、やたらデカい黒猫を抱え上げたはいいが、連れて帰るわけにはいかないと思った矢先、川面でなにか光ったような気がして咄嗟《とっさ》にそちらに注意を向けた。

直後だった。

目眩に襲われ、同時に身体を引っ張られるような感覚があった。その後は頭が真っ白になり、わけがわからないまま気づけば魔女の処刑場（いまだ信じがたいが）に放り込まれていた。

となれば、少なくともここは二十一世紀の日本ではない。

なぜ言葉が理解できるのかについての正解は出せない。まさか本当に魔女がここに入ったとでもいうのか。胸に手をやってすぐ、ばかばかしいと打ち消した。

「あり得ないだろ」

そうだ。普通であればあり得ない。もっとも、普通とは言いがたい状況だというのも事実だ。

いくら論理的合理的説明をつけようとしたところで、すべてが理解の範疇を超えている。

「しかも魔女の器って」

腕から下肢へと視線を落としていった。なんら変わったところはなく、多少汚れはしていてもシャツとパンツを身につけた俺自身だ。

そりゃそうだ、と呟《つぶや》き、硬いマットに横になる。考えてもしようがないのなら、考えない。不要な思考に囚《とら》われたところで時間の無駄だ。

「となると、問題はこっちだな」

投獄されたからには、完全に罪人扱いだろう。どんな極悪魔女だったのか知らないが、道連れなんて冗談じゃねえ。

「くそっ」

三畳あるかないかのスペースにあるのは硬いベッド、トイレ、小さな洗面台だけでテーブルどころか座る場所すらない。

他にも罪人がいるのか、鉄扉を隔てた向こうで看守を呼ぶ叫声が聞こえてくる。

「うるせえな」

理不尽さに舌打ちが出た。

あの若者が取りなしてくれなかったらいま頃どうなっていたか。民衆の声におされて即刻処刑されてもおかしくない雰囲気だった。

主役さながら颯爽と登場した彼は、若手のホープなのだろう。明らかに年嵩《としかさ》の者たちの対応をみてもそれなりの役職についていて、将来を嘱望されていると察せられた。

彼の一言でことなきを得たと言ってもいい。もっとも劣悪な牢にぶち込まれたのだから、安心はできないが。

しかも独房である以上、窮地は続いているのだろう。

「ゼロ番！」

いっこうに退《ひ》かない脇腹の痛みに顔をしかめたそのタイミングで、鉄扉の向こうの看守が冷ややかな声をあげた。しばらく聞き流していたが、鉄扉を警棒で叩かれ、どうやらゼロ番というのは俺に割り当てられた番号のようだと気づく。

返事をしてみると、扉の小窓から両手を出すよう命じられ、ひとまず様子を窺《うかが》うため渋々ながら従った。

革の手枷《てかせ》で両手首を拘束された後、鉄扉が開くと足枷までされる。

まさに重罪人だ。

「ついて来い」

看守が口にしたのはその一言で、どこへ連れていくのか、怪我の治療をしてもらえるのか等、いくらこちらから問いかけてもことごとく無視される。反抗するのは得策ではないと重々承知していても、文句のひとつもぶつけたくなるのは当然だろう。無論、そうすれば事態は悪化するだけなので、ぐっと堪《こら》えて追従した。

等間隔に設置されたランプの明かりに照らされた、レンガ造りの細い通路を歩いて数分、いくつかある鉄扉のうちの一室に押し込まれる。

窓はなく、木製テーブル、椅子が一脚置かれているとはいえ、独房より多少清潔感があるという程度の場所だ。

「起立のまま待て」

看守が扉を閉める。

一応聴取はあるらしい。

といっても、経緯を考えれば、どうせ形ばかりでこちらの言い分など端《はな》から否定されるに決まっている。

しばらくして扉が開き、やってきたのはスタンドカラーの黒い制服を身につけた五十がらみの男だった。

その後ろに件の青年、ホープの姿を見つけて、正直安心する。ホープは臙脂《えんじ》のジャケットに白いパンツ、黒の編み上げブーツという出で立ちだ。腰には剣があり、扉の前に立ったところをみると、護衛のために同伴したようだった。

両手両足を拘束されているのになんの用心だ、と呆れるが、取り調べに来た男はでっぷりとして、いかにも動きが鈍そうだ。

うちの顧問弁護士に似てんな。なにげなく観察していると、

「名は」

形式ばった物言いで、男が質問してきた。さっさとすませてしまいたいという心情が態度に表れている。

他人に名前を聞くときはまず自分から名乗れや、そう言いたいところだが、わざわざ事を荒立てるような真似をするつもりはない。ここは穏便に乗り切ったほうが利口だと、小学生でもわかる。

「蓬萊慶司。あー……年齢とか身長体重とかついでに言ったほうがいいっすかね」

といっても、皮肉めいた言い方になるのは致し方なかった。

男の眉間に縦皺《たてじわ》が刻まれる。それだけではなく、もともと切れやすい性格なのか、唾を飛ばして叱責してきた。

「査問官の私が聞いたことにだけに答えろ！」

一方でホープは眉ひとつ動かさないため、親子ほど歳《とし》が離れているにもかかわらず男——査問官が小物に見える。

その後も厳しい口調で詰問されたけれど、こちらが聞きたいくらいなので答えられ

ることは少なかった。

「貴様はどこから来たのかと聞いているんだ！　正直に答えろ」

「だから、何度も言ってるだろ。二十一世紀の日本。長野の宿場町。橋の上でやさぐれてたら、こんなことになったんだって」

「貴様！　ふざけるのもいいかげんにしろっ」

バン、と査問官がテーブルを叩く。

「あ？　ふざける？　こっちは大真面目なんだよ」

いいかげん切れそうになりつつ、苛立《いらだ》ちを込めて凄んだ。

一瞬怯《ひる》んだ査問官は、それを恥じ入るかのようにまたがなり立て始める。それこそ小物そのものの反応だ。

こめかみに青筋を立てて怒声を上げる査問官を止めたのは、ホープだった。

「査問官」

ホープは、査問官に何事か耳打ちをする。査問官は思案のそぶりを見せ、ちらりとこちらを睨んできたあと、ぞんざいな態度で椅子から腰を上げて部屋を出ていった。

不毛なやりとりがやっと終わったか。疲労感に駆られて首を左右に傾けていると、空いた椅子にホープが座った。

尋問自体が終わったわけではなかったようだ。

「私はエリク・ファルクマン・カミーロです。あなたのことはなんと呼べばいいでしょう」

ファルクマン——鷹《たか》の男か。さすがホープ。名前までイカしてる。

まともに話をさせてもらえそうで、俺はホープに向き直った。

「蓬莱でも慶司でも呼びやすいほうで構わない。あんたのことはエリクって呼んでいいか？」

「あなたがそうしたいのであれば。一応伝えておきますが、私は王都警備隊に所属していて、親衛隊第三部隊小隊長の立場にあります」

「なんだ。カミーロ小隊長とでも呼べって？　やだね。俺はその王都警備隊とやらとは関係ねえし」

別に呼び方にこだわったわけではなく、エリクがどんな人間なのか見定めるために拒否する。先刻の査問官とやらは、俺の態度がお気に召さなかったようで終始怒鳴っていた。

さて、エリクはどう出るか。

そ知らぬ顔で出方を窺う。

エリクの表情に変化はない。

「言われてみれば確かに。では、エリクと」

ある意味期待外れで、覚えずにやりとしてしまう。こういう一種の図太さは嫌いではない。

立ったままの状態で、先手必勝とまっすぐホープ、もといエリクを見据えた。

「で？　俺はどうなる？　魔女が召喚した器なんだっけ？　信じる信じないは別として、いきなり処刑はナシだろ。そうだな。もし俺がエリクの立場だったら、まずは利用できるかどうかを考える」

真偽の見極めを問うたところでこちらの分が悪いのは目に見えている。この場合、メリットを訴えたほうがまだなんとかなりそうだ。

「利用できるかどうか、ですか？」

ここぞとばかりに、一歩足を踏み出す。実際は拘束されているので、よろけそうになって、慌てて体勢を戻した。

「ああ、考えてもみろよ。処刑しなければならないほど強い力を持っていた魔女なんだろ？　飼い慣らすことができれば、十二分に利用価値があるって思わないか？」

エリクからの返事はない。迷っているというより、相手の思惑を探ろうという魂胆にちがいない。

若いのになかなか肝が据わっている。少なくとも、あの査問官とはちがう。

そして、俺にとってはまたとないチャンスだ。

「おまえはなかなか好青年のようだからこっちも正直に言うけど、俺だって望んで召喚されたんじゃない。今回の珍事は、別の星かもしくは別次元に飛ばされたとしか考えられないんだよ。可能性としては後者のような気もするが――いや、荒唐無稽なのはよくわかってる。俺もその意見には賛成だ。けどな。川を眺めていたら一瞬で知らない場所に飛ばされたあげく極悪人扱いなんて、俺が一番動揺してるんだ」

一気に捲《まく》し立てたが、やはりエリクの表情は変わらない。ここまでポーカーフェイスだといっそ感心する。

「いきなりこんな状況になってる俺には、情状酌量があってもいいんじゃないか?」

この問いかけに、やっとエリクが口を開いた。

「残念ながら私にはなんの権限もありません。報告するだけです」

「だったら、俺に他意がないってことをさあ」

先の言葉を呑み込む。そして、拘束された両手で胸を押さえると、顔を伏せ、呻《うめ》き声《ごえ》を上げた。

「ぐぅ……うっ」

身体を折って胸元を掻《か》き毟《むし》りながら、しゃがれ声を絞り出す。

「魔女の……力が欲しければ、この者に、手出しをしてはならん」

うぅぅとまた呻く。

すると、盛大なため息が耳に届いた。

「もう結構です。三文芝居は、なんの役にも立ちませんよ」

「…………」

小憎らしいガキめ。少しくらいつき合ってくれても罰は当たらないだろうに。

「年下からそういう生意気な態度をとられるのは久々だ」

明後日《あさって》のほうを向いて鼻で笑ってやった。

「そうですか。でも、あなたにどう思われようと私には関係ないので」

警備隊とは関係ないと言ったことへの意趣返しらしく、エリクは歯牙にもかけない。

つまり不利な状況は変わらず、だ。

「わかった。降参だよ。で？　俺はどうなる？　まさか一生独房か？」

命のかかった真剣な質問だ。その場での処刑を免れたとはいえ、一生牢から出られないのであれば同じことだった。いつ執行されるかと毎朝びくびくしつつ目覚めるなんて、極刑に等しい。

「そうかもしれません」

「おい」

あっさり無情な返答があり、さすがに頬が引き攣った。

「そもそもの話、その魔女はなんで処刑されたんだ？」

「国家反逆罪です」

「国家……こりゃまた」

肝の据わった女だ。

「あなたのなかにいる魔女を利用する、でしたか？　それができるという確証がない限り、口でいくら訴えたところで聞き入れられないでしょう。無害であるのは大前提として、利用価値があるとホーライ自身で証明してみせなければ。無論、三文芝居ではなく」

よく喋《しゃべ》るじゃねえか。

真正面から正論をぶつけられ、顔をしかめる。

自分のなかの普通、常識を当てはめても通用しない。この世界では公開処刑が当たり前だし、価値観が異なる以上、正当な扱いを望んだところで無駄だというのもわかった。

「ああ、よーく理解したよ」

けどな、俺はあきらめの悪い男なんだ。腹のなかで吐き捨て、好戦的な視線をエリクに投げかける。

「だとすれば、だ。証明するための猶予は与えられるべきだよな。けど、こんなところに閉じ込められてたんじゃ、証明も糞《くそ》もないだろ」

ようは、分の悪いギャンブルだと思えばいい。九十九パーセント負けるとわかっていても、残り一パーセントにかけて挑む勝負なら過去にも経験がある。

「さっきも言ったとおり私にはその権限がないので返答できませんが——言い分はもっともだと思います」

エリクが唇を引き結ぶ。

第一印象どおりの青年のようで、涼やかな目許《めもと》に微《かす》かな迷いが滲《にじ》んだ。おそらく家柄もよく、大事に育てられたのだろう。手入れの行き届いた爪にもそれが見てとれる。

エリクが渋面のまま椅子から立ち上がった。

部屋を出ていく背中を見送ったあと、自然に長いため息が漏れた。

他力本願とはいささか心許《こころもと》ないが、あとはエリクに任せて、先方がどう出るか待つしかない。

看守に連れられ、不自由な足で同じ通路を辿《たど》ってまた独房に戻る。しばらくして小窓から穀物となにかのクズ肉を煮込んだだけの質素な食事が与えられ、ないよりはマシと一気に平らげた。

食事を終えたあとは、もうなにもすることがない。ベッドに寝転び、どれくらいの時間がたったのか判然としないままにぼんやりと過ごす。

待つだけなのはじれったい。若い頃から度胸を買われ、それなりの肩書きを得ていたとはいえ、いざ予測不可能な事態に陥ればこの有り様だ。その事実は少なからずショックで、なにが頼りになる兄貴だ、と自嘲する。

「ヨシ。寝るか」

こういうときは食うか寝るに限る。食うほうが期待できそうにない以上、寝るしかない。

目を閉じているうち、うつらうつらし始める。が、いくらもせずに外の騒がしさに邪魔された。

「……るせえ」

なんだ？　苛々しつつ起き上がる。どうやら囚人と看守が揉《も》めているらしい。悪態をつく囚人。叱責する看守。他の囚人たちが面白がって囃《はや》し立て、扉を叩いて煽《あお》る。退屈している囚人にとっては、いざこざは祭り同然なのだろう。

このままでは大事になるのは目に見えている。

「誰か、早くおさめろよ」

ふたたびベッドに横になったものの、看守も囚人もヒートアップする一方で寝るどころではない。あまりのうるささに我慢できず、すぐにまた起き上がった。

扉に手を当て、思い切り息を吸い込んでから声を張り上げた。

「ぎゃあぎゃあうるせえんだよ！　いますぐ黙らねえと、下顎ちぎって窓から放り投げるぞ！」

思わぬ方向からの一喝は役に立ったのか、一斉に声も音もやむ。といっても静かだったのは一瞬で、蜂の巣を突《つっ》いたようになった。

悪態。雑言。怒声。そうそう、これこそ監獄だ。

「てめえが黙れ！　新入り」

「二度と生意気な口をきけなくしてやろうか！」

「イキってんじゃねえぞっ」

完全なとばっちりだ。もちろんこんなことに巻き込まれて、懲罰を食らうつもりはない。

「いいか、よく聞け。これ以上騒げば、じきに看守長の耳に入る。そうなったとき、ただの忠告ですむほどここはぬるい場所か？」

どうせ誰も聞く耳は持たないとわかっていても、言わずにはいられなかった。

「自棄《やけ》になるのはしょうがねえ。けど、一時的なストレス発散で全部台無しにしてもいいのか？　俺はごめんだ」

自分への戒めでもある。もとの場所に戻れる、そんな針の先でつついたほどの希望にでもすがらないことには、平静でいるのは難しい。

「あんたの言うとおりだよ」

ひとりが答えた。どうやら古株のようで、彼の一言は効果があり、おかげで安眠を取り戻すのに成功する。しかし、一足遅かった。胸を撫で下ろしたのもつかの間、数人の看守が到着したかと思えば、あとはお決まりの展開になる。

「全員、扉から離れろ！」

看守の一声、その後の定番の台詞《せりふ》。

「壁に向かって立て！」

以降どうなるかはわかりきっていた。

壁のランプが撤去される。おそらく今日は食事も抜きだ。

まずい食事であってもあるだけマシだったので、いったいなにがきっかけだったのか知らないが、騒ぎを起こした囚人には恨み言のひとつもぶつけたくなった。もしこれがうちの若い奴だったら、間違いなくビンタのひとつもくれてやったのに。

明かりナシ、飯抜きが一日ですむことを祈るばかりだ。

「……無理だろうなあ」

こぼした愚痴は、石の壁に虚しく吸い込まれていく。と、その壁からコンと小さな音が聞こえてきた。

気のせいではない。コンコンと続けて音が鳴る。

どうやら隣の囚人が壁を叩いているようだ。

扉の向こうにいる看守に注意しつつ、こちらからも壁を叩いた。

「俺に用か？」

独房を隔てる壁は見た目より薄いらしく、声を張る必要はなかった。

「放り込まれてすぐこんな目に遭って迷惑してるだろうが、あいつが看守の手に嚙みつくのはもう癖みたいなもんなんだ」

文字どおり嚙みついたのか。

しかも癖と言うからには、しょっちゅう騒ぎを起こしているのだろう。

こんな場所に閉じ込められればおかしくなるのは致し方ない。とはいえ、今後もまた同じ目に遭うのかと思えば、同情する気にはなれなかった。

「困った癖だ」

そう返した俺に、隣人はなおも話しかけてくる。

「あんたのことは、看守から聞いたよ。魔女に召喚されたんだって？」

少しも意外ではない。囚人同様退屈している看守の暇潰しには、格好のネタだ。

「こんなところにまで名が通るほど、俺って有名人？」

「有名人だな。といっても、みんな半信半疑だろうけど。まあ、あんたはどうやらまともな男のようだし、壁越しとはいえ話せて嬉《うれ》しいね」

カール、と男は名乗る。

「俺は蓬萊だ。そのうち直接会えるんじゃないか？」

たいした意味もなくそう続けたところ、

「残念だけど、難しいな」

隣人カールが断言する。

「あんたを含め、ここにいる者はみな処刑を待つだけの身だ。俺がその先頭にいたけど、おそらくホーライ、あんたが先になる。ゼロ番と呼ばれていただろう？　ちなみに俺が一番だ」

「……は」

あの番号にはそんな意味があったのか。

公正な裁きは望めないらしい。いや、端からそれはわかっていた。

「そっちはなにをやったんだ？　カール」

「俺か？　まあ、ざっくり言えば反社会的活動ってヤツだ。ここに収監されてる奴は、みんな似たり寄ったりだよ。貧しい野郎ばっかりだ。雑居房の奴なんて、シャバにいるより三度飯が食えるからこっちがマシだって言って、すぐ戻ってきちまうくらいだしな」

よくある話だ。とりあえずムショには屋根と飯があるからと、軽犯罪をくり返す者はいくらでもいる。

「気が合いそうじゃないか」

「魔女の器に賛同されるとは光栄だな」

「万が一ここを出られたときは、魔女の器様が一杯奢《おご》るよ」

出られる可能性は限りなく低いと承知で冗談めかしてもちかけると、今度はカールも同調した。

「とびきり高い酒を奢ってもらうか」

カールと壁越しの雑談に興じる一方、ゼロ番か、と天井を仰ぐ。独房から出られず、裁判も期待できないとなれば、八方塞がりだ。

かといっておとなしく処刑される気はさらさらないので、あがけるだけあがくつもりでいる。

ふと、エリクの顔が頭に浮かんだ。

周囲が全員敵のなかにあって、唯一話が通じる男だった。エリクは、いまの自分に唯一残った頼みの綱かもしれない。

「ていうか……なんで俺がこんな目に遭わなきゃならないんだ」

金輪際川には近づかねえぞ。くそっと毒づく。

その後、今日何度目かのため息をこぼしたのは、俺にしてみれば仕方のないことだった。

第二章　逃亡犯、あるいは猫

　ゼロ番――ホーライとの査問を終えたエリクは、馬で警備隊の詰め所に向かってい た。ホーライについては、どう受け止めればいいのか判断しかねている。なぜ処刑間際の魔女が彼を召喚したのか。偶然なのか、それとも必然なのか。魂の器にするためというのは事実なのか。

　いつしか顰《しか》め面《つら》になっていたことに気づき、眉を解いて馬の脚を止め、眼前に広がる光景を見渡した。

　瞼《まぶた》を閉じていてもありありと思い描けるほど日々目にしているにもかかわらず、その絢爛《けんらん》さに圧倒される。

　豊かな水と緑の王国アルムフェルトの中心、王都ナタスのほぼ五分の一にあたる広大な王領の中央に立つ宮殿は、富と権力の象徴だ。

　特徴的な多角の屋根に空をも突かんとする尖塔《せんとう》。ファサードには緻密な彫刻が施され、見る者を魅了する。大理石や石材で装飾された壁面が広がり、正面玄関は大きなアーチ。各所に豪華な彫刻が施され、王宮の名誉や歴史を象徴するレリーフや像が飾られている。

なかでも素晴らしいのは、宮殿を取り囲む庭園だ。それぞれ天地海を表していると言われ、特にたっぷりと水を湛《たた》えた人工池に映し出された東の庭は鮮やかで、天上界もかくやと評されるほどだと聞く。

ただし高い城壁に囲まれているため、王都に住む富裕層といえども生涯豪奢《ごうしゃ》な王宮の全容を目にする機会はない。広場から正門越しに覗き見たところで、視界に捉えられるのはせいぜい前庭の巨大な噴水くらいだ。王都外の住人となればなおさらだろう。

四方を海に囲まれた島国であり、資源に恵まれ、民の中央への信頼度も高い、聖なる力に庇護《ひご》された王を戴《いただ》く平和な国・アルムフェルト。

実際、周辺諸国と比較してもアルムフェルトの犯罪率が低いのは事実で、その一端を担っているのが王都警備隊だ。

国家の安全を守り、犯罪の抑止に努める警備隊には親衛隊、防衛隊、巡察隊があり、エリク自身は親衛隊のなかの第三部隊小隊長の地位にある。

親衛隊の任務は主に中央の警護。その甲斐《かい》あって、暗殺を含めた凶悪事件はおよそ二百年で二件だ。

二件とも魔女絡みで、二百年前と三十年前の出来事だと国史の授業で習った。

おそらく今回の事件もそうなるだろう。無論ホーライについては省かれて。

首謀者、魔女アルマは最後まで協力者を吐かずに処刑された。事前に我が身に召喚魔術を施していたのか、死と同時にホーライが現れた。多くの者が居合わせるなか、まさに降って湧いたという表現がふさわしい唐突さで、瞬きする間の出来事だった。

いま民衆はあらためて魔女の力を実感し、ホーライをも恐れているにちがいない。

「…………」

上層部の様子から鑑みるに、ホーライの状況は厳しいだろう。反逆罪に問われた魔女の器に情状酌量など認められるはずがなかった。

いくらホーライの主張がまっとうだとしても、犯罪率の低いアルムフェルトだからこそ厳罰に処される。

無害、かつ利用価値があると証明できたところで、減刑は現実的ではないと言わざるを得なかった。現に先刻の聴取にしても形式的なものだ。

であるなら、自分はなぜ無駄に希望を持たせるような言葉をかけてしまったのか。かけるべきではなかった。

ふたたび馬を走らせたエリクは、引き継ぎの時間が迫っていることに気づき、最短距離で詰め所へと急ぐ。

警備隊の詰め所は西の離宮からさらに進んだ場所に位置し、若い隊員が寝起きする寮も併設されている。

「カミーロ小隊長」

綱木に馬をくくりつけていたとき、背後から声をかけられる。誰であるかは声でわかったので、振り返ると同時に直立不動の姿勢をとった。

史上最年少で親衛隊のトップの座についた、ヴィクトル・ラーシュ・オドネル大隊長が身につけている臙脂の制服の胸には勲章が五つある。それはとりもなおさず彼の優秀さを物語っていた。

先の戦はおよそ百年前なので、彼の祖父のように戦場で功績を挙げたわけではないが、中央のために尽力し、今度の魔女の大罪を白日のもとにさらした功労者こそが大隊長だった。

大隊長の向こうに見える、白いローブの後ろ姿はエウシェン宰相か。

公明正大、美丈夫でもある宰相は、平民の出身だというのも相俟《あいま》って民の人気が高く、王の信頼も厚い。王が病床にある現在において、王の意向を官僚たちに届ける役目を担っている。宰相と大隊長がふたりきりで何度も会っているという噂《うわさ》が仮に事実であれば、王の病状を始めあらゆる憶測をする者が出てくるにちがいなかった。

特に王の実弟であるルーカス公は面白くないはずだ。もし宰相と大隊長が手を組めば、ただでさえ微妙な立場がいっそう危うくなるのは明らかだろう。

エリクは、視察と称してルーカス公が宿舎にやってきたときのことを思い出す。神経質で、気難しいという印象だった。

「例の男と面会したのか？」

すぐ傍《そば》まで歩み寄ってきた大隊長は、声のトーンを落として問うてきた。怪訝《けげん》に思いつつも、はい、と小声で返事をする。

ホーライの聴取に立ち会ったのは大隊長の指示だ。曰《いわ》く、査問官の身になにかあれば一大事とのことで、結果的に群衆からホーライを遠ざけたという功績もあって自分に白羽の矢が立った。

それだけ大隊長がホーライを警戒している証拠だ。

「はい。つい先ほど面会しました」

慎重に返答する。

大隊長は真顔で頷《うなず》いたあと、詰め所の入り口から距離を置いた場所に移動するよう視線で促した。

「きみも承知しているように、王の病状は一進一退だ。先刻主治医とも話をしたが、現状は極めて厳しいようだ」

「しかし――」

右手で止められ、すぐに口を閉じる。

腹のなかは疑心でいっぱいだった。それもそのはず、元凶である魔女が処刑されたからには、本来王の病状は回復に向かってしかるべきだ。なぜなら、アルマの罪状は呪言によって王の暗殺を謀ったことだとされているのだから。

「あの男」

大隊長が忌々しげに吐き捨てた。

「あの男が生きている限り魔女の呪いは続く」

「――――」

言いたいことはあるものの、大隊長に止められているため、唇を引き結んだまま憎しみすらこもった口上を聞く。

「やはりあの男は極刑に処するべきだ。早急に。王の身になにかあってからでは取り返しがつかない」

しかも、そう考えているのはおそらく大隊長ひとりではないだろう。

宰相、官僚たち、衛兵もそうだ。民衆に至るまで、ホーライの肩を持つ者が皆無であるのは間違いなかった。

過去の事件の影響で、ほとんどの人間は魔女を毛嫌いしている。そのせいで家族を失うはめになった大隊長にとって魔女がどんな存在なのか、想像するまでもなかった。

比較的公平な考えを持っているエリクの両親ですら、魔女に対してはいい印象を抱いていない。カミーロ家は代々中央に仕え、それを誉れとしているのだから当然と言えば当然だ。

たとえホーライにとっては不運でも。

「大隊長。発言してもよろしいでしょうか」

直立の姿勢で許可を請う。

大隊長が首肯するのを待って、考えがまとまらないまま切り出した。

「彼と話をしましたが、ごく普通の男です。そもそも本人にその自覚がないばかりか、魔女の存在自体に懐疑的でした」

「そう見せているだけかもしれない」

「それは、ちがうようです。ホーライはむしろ、自分のなかに魔女がいれば利用したいと考えているくらいなので」

そのために、見苦しい小芝居までしてみせた。

「ホーライ、か。それはあの男の名か？」

「そうです」

「なるほど」

大隊長は、意味深長にも思える目つきでこちらをまっすぐ見据えてきた。

「カミーロ小隊長」

「はい」

「いまのは、私に対する反論か？」

「反論なんて、とんでもありません」

「そうか？　私にはまたあの男を――ああ、ホーライだったか、庇《かば》っているように思えたもので」

ホーライの印象を伝えたのであって、そのつもりはなかった。しかし、大隊長は否定的な意見と受け取ったらしく、慌てて言い繕う。

「けっしてそのようなことは――第一、私に彼を庇う理由がありません」

大隊長の手が肩にのる。ポンポンと何度か叩かれ、いっそう背筋が伸びた。

「そうだな。きみがあの男に肩入れする理由がない。私はきみに大いに期待しているんだ。くれぐれも言動には注意してくれ」

「はい。ありがとうございます」

大隊長の手が肩から離れる。去っていく後ろ姿を目礼で見送ったエリクは、どこかすっきりしない心地を自覚していた。

大隊長のことは尊敬している。彼の部下であることが誇りだし、今後もその思いは変わらない。

それなら、いったいなにに自分は引っかかっているのか。答えは明白だった。

ホーライの言葉を借りれば、橋の上から川を眺めていたら一瞬で知らない場所に飛ばされたという。望んで召喚されたんじゃないというあの一言は、ホーライの本音だろう。そこにホーライの意志はない。にもかかわらず問答無用で極刑になるというなら、彼の憤りは正当だ。

不運の一言で片づけていいものか。

——だとすれば、だ。証明するための猶予は与えられるべきだよな。けど、こんなところに閉じ込められてたんじゃ、証明も糞もないだろ。

これに関してもそのとおりだった。

無実を証明するには時間が必要なのに、大隊長は刑の執行を急いでいる。おそらくこのままでは早々にアルマと同じ道を辿るにちがいなかった。

——国家反逆罪？　そんな大それたこと、考えるわけないじゃない。仲間とか黒幕とか、初めからいないって言ってるでしょう。わたしはわたしのために力を使うの。

その一言で黙秘を貫いたアルマもあっという間だった。正式な裁判は行われず、誰もアルマの言い分に耳を傾ける者はいなかった。

果たしてアルマは本当に呪言によって王を殺《あや》めようとしたのか。そうかもしれないし、そうではなかったのかもしれない。もはや真実はわからなくなってしまった。知る機会はあったはずなのに、結局うやむやになった。

「……なにを考えているんだ」

くだらない思考を振り払う。私情に振り回されれば、大義を見失う。自分には代々国に仕えてきたカミーロ家の嫡男としての、なにより小隊長としての責務がある。小事にかまけている暇はない。

やるべきことをやる、それだけだ。

＊　＊　＊

朝、ベッドからのそりと身体を起こしてすぐガチガチになった首と肩を回し、暗い部屋でしばし軽いストレッチをする。ストレッチは俺の日課だ。

昨日長時間壁に向かって立つはめになったせいで、身体の痛みは退くどころか悪化しているような気がする。

しかも、案の定夕飯も抜きだった。気をまぎらわせようにも煙草も酒もここにはない。

なにより困っているのは、風呂だ。ただでさえ埃《ほこり》っぽいのに、湿気を多く含んだ空気が不快感を増幅させ、ストレスは溜《た》まっていく一方だった。

身につけている服も家を出たときのままのシャツとパンツで、これをずっと着続けなければならないのかと思っただけでぞっとする。

「起きてるか？」

コン、と壁を叩いてから今日もカールが話しかけてきた。

「参ったな。これまではたいがいペナルティは一晩だったんだが、このぶんだと朝食も抜きになりそうだぞ」

顔も知らない相手とこれだけ話をするのは久々だと思いつつ、ベッドを下りて昨夜と同じ位置に座り込んだ。

「俺のせいか」

「どうかな。過敏になってるのは間違いないだろうけど」

完全に自虐ネタだったので、カールが軽く流してくれたのは助かった。

「その魔女、具体的になにをやらかしたんだ？」

一個人で国家反逆罪？　甚だ疑問だ。

それほどの力のある魔女なら、未遂であっても大きな損害が出たと想像できる。国家に刃向かったなら多少なりとも民衆の支持を得てもいいはずなのに、みな処刑を愉《たの》しんでいるようだった。

「なにって」

カールの返答は曖昧だった。

「王の命を奪おうとしたんじゃないか？ まあ、自白を得られていないらしいし、王室のいざこざに巻き込まれただけって噂もある。おしゃべり好きの看守の話を小耳に挟んだだけだから、眉唾だろうけど」

「なんだよ。そんなあやふやな話で俺はこんなところに閉じ込められたのか」

「運が悪かったな」

運が悪いではすまされない。こっちはわけもわからず投獄されて、ゼロ番に据えられたのだ。

「その王室のいざこざってのは？」

「そっちの話なら、知らない奴はいない」

そう前置きしたカールが語ったのは、つまるところ現王の実弟と皇太子である嫡男が次期王座を巡って争っているというよくあるお家騒動だった。順当にいけば後継者は皇太子だが、話はそう簡単にはいかないらしい。

「きな臭い話なんだが、皇太子はまだ九歳で、後見人はかのエウシェン宰相だ。実弟のルーカス公にしてみたら、戦わずして負けているようなもんだよな。このタイミングで王が病に倒れたのは、皇太子がまだ幼いうちに自身が権力を持ちたいと考えたルーカス公が、魔女を使って王を亡き者にしようと謀ったんじゃないかってもっぱらの噂だ」

「それは――確かにきな臭いな」

つまり、皇太子が幼いのをいいことに、実弟ルーカスが横入りしようとしたってわけか。

「ああ、しかもエノーラ王妃もなかなか癖のある御仁だ。我が子のためなら手段を選ばないっていうのは、これまでもいろいろあったからな。なにしろ皇太子の生まれた日を祝日にしたくらいのおひとなんで」

実弟が魔女にすべての罪をなすりつけたのであれば、早々の極刑も納得できる。王妃が絡んでいてもしかりだ。規模はさておき、この手の権力争いは俺の身近でもままあった。

「魔女はスケープゴートかよ」

「疑われた時点でな。もともと嫌われ者だ」

おかげでこっちは迷惑を被っている。

「そりゃあそうだろ。魔術を使うんだぜ？　実際、過去に起こった大事件は全部魔女絡みだっていうし」

「へえ。魔女さんも国に逆らうより、王に売り込んだほうが利口なんじゃないかねえ」

「あり得ない。王は聖なる力に庇護されているのに魔女の力なんて借りたら、それこそ大問題だ」

「なんだよ、聖なる力って」

また漠然とした話だ。王を神格化するためだとしても、魔女に対して聖なる力。こちらもまさにきな臭い。

「そのままだよ。代々この国の繁栄には神に祝福された聖女が関わってきた。現アドルフ王には聖女レイア」

「だったら、病気もその聖なる力で治してもらえばいいんじゃないの？　それこそ聖女とやらより魔女のほうが力が強いってことになったら、まずいと思うんだが」

単純な疑問だったが、どうやら核心をついたようだ。

「だから処刑を急がなくちゃならなかったんだろ。聖なる力に守られたおかげで魔女の企《たくら》みは失敗したってことになってるんだから」

「あー……」

魔女もある意味とばっちりか。そう思うとますます気の毒になる半面、自分の立場を厭《いや》でも自覚させられる。

昨日言われた「あんたが先になる」という言葉の重みが、ずしりとのしかかってきた。

「やばいな、俺」

なんとかしようにも、独房に閉じ込められていては打つ手がない。無罪を訴えたところで、初めから通用するような相手ではなかった。

「まあ、まだ決まったわけじゃないさ」

カールの慰めにも、到底楽観的にはなれない。カール自身も同じように考えているのは声音で伝わってきた。

まさか自分が王族の跡継ぎ問題に巻き込まれるはめになるとは——誰が想像できるというのか。

「……王族の跡継ぎ問題？　しかも魔女絡みだって？」

ぼそりとこぼした途端、あまりに滑稽で吹き出した。そんな場合じゃないのは重々承知していながら、ははと笑う。

こうなると先月の自分が知ったなら、ばかも休み休み言えと一蹴したにちがいない。

親父が死に、家族はバラバラになった。それだけでもそこそこ落ち込んでいたのに、いまは王族の跡継ぎ問題に巻き込まれて命の危機にさらされている。

こんな喜劇があるだろうか。

「もうあれだな。脱獄するしかないってことだな」

なかば本気でそう言う。

カールは冗談だと思ったようだ。

「実行するときは俺にも声をかけてくれ」

あくびをしながらそう返した。

もちろん脱獄の難しさはわかっている。目の前の鉄扉を解錠するなどまず不可能だし、仮に成功したとしても、そこからどうすればいい？　地理的にも物理的にも未知の場所では、たったひとつの案すら思い浮かばない。

お手上げだ。

「ゼロ番！　扉の前に立て」

厭な気分で洗顔とトイレをすませたとき、声高に看守が命じてきた。昨日同様小窓から両手を出せという指示に、今日も素直に従う。

「朝早くから飯抜きで聴取とは、働き者っすねえ」

嫌みを無視された代わりとばかりに、ぐるぐると腹が鳴る。何時間も食べていないのだから当たり前だ。

扉の外へ出てみると、そこには驚いたことに看守のみならず、エリクもいた。

「なんだ。今日は小隊長自らお出迎えって？　腹ぺこの俺に手土産のひとつもあると嬉しいんだけどな」

エリクは答えない。

「ここはもういいですから、通常業務に戻ってください」

看守に一言声をかけると、視線でついてくるよう促す。やけに素っ気ないじゃないか、まあいいけどよ、なんて心中でぼやきつつ、昨日は看守と通ったルートを今日はエリクの背中を眺めながら歩いた。

「足枷がないのは、おまえの意向?」

「――――」

「あれをされたら、こんなにさくさく歩けないもんな」

「――――」

やはり返事はない。

エリクは黙ったまま昨日聴取された部屋を通り過ぎ、さらに先へと進んでいく。そのおかげで投獄されているここがどういう場所なのか、ざっと把握できた。

思っていたよりずっと広い収容所だ。

独房と雑居房の間には鉄格子があり、見張りの看守がいる。つまりこの鉄格子より奥へ入れられた者はみな、カールの言うところの処刑を待つばかりの囚人だ。

「お疲れ様です」

エリクに一礼した看守が鉄格子の鍵を開ける。鉄格子の向こうへ一歩足を踏み出した途端、左右から野次が飛んできた。

命の危機にさらされていない気楽さもあるのだろう、雑居房の囚人たちがうるさいのはどこも同じだ。

「おまえ、いまからあの世行きかあ」

「てめえの死に様、観《み》てみたかったなあ。火あぶりか？　それともこれか？」

首に手をやって舌を出した囚人が目に入り、頬が引き攣る。

いまの自分にこの一言は洒落《しゃれ》にならない。まさか、エリクが無口なのもそのせいなのか。

形ばかりの聴取は一回きりで終わり、これから俺は――。

ぶるっと震えると、囚人たちがさらに追い打ちをかける。

「あれ？　もしかして、こいつが噂の魔女の器じゃねえのか」

「ああ、そうだ。独房の新入り。魔女の器。なんでまだ生きてんだよ」

「今日がその日ってわけか」

どっと歓声が上がる。

魔女に対する忌避は、階級、善人悪人にかかわらず浸透しているようだ。柵の外に集まっていた民衆が盛り上がっていたのも、そのためだろう。

うるさい囚人たちを無視して、前を歩くエリクになおも話しかけた。

「一回こっきりの聴取で、裁判もなしにいきなり処刑場行きとか言うつもりじゃないだろうな」

軽い口調はわざとだ。頭のなかでは、万が一の場合はどうやって回避すればいいのかと、必死で考えを巡らせていた。

魔女が忌み嫌われているのはわかった。魔女の器と決めつけられた以上、まともに段階を踏んでもらえると期待したところで無駄だというのも。

だからといって、おとなしく処刑を受け入れられるわけがないし、正直言えばビビっている。シャツの下は汗びっしょりだ。

俺はピンチにこそ強い男のはずだといくら自身を鼓舞しても、一瞬見た焼け焦げた魔女の姿がどうしたって頭のなかにチラつく。

臭いまでしてきたような錯覚を抱き、思わず顔をしかめた。

「なんで黙ってるんだよ。まさか本気でいまから死刑執行だって?」

「冗談じゃねえ。

「おい、なんとか言えよ!」

「黙っててください」

けれど、切羽詰まったこちらの気持ちなど歯牙にもかけず、エリクが発したのはそれだけだった。

本来であれば食い下がるところだが、エリクの背中がひどく張りつめていることに気づき、渋々口を閉じる。少なくともエリクは他の奴らとはちがい、現状を受け入れているわけではないのだ。

通用口に着く。

そこには守衛がいて、エリクと背後にいる俺を見ると困惑した表情になった。守衛室の中にいたもうひとりまで出てきたのは、彼らがなにも聞かされていない証拠だ。

「これからゼロ番の現場検証を行います」

現場検証？　なんだよ。それならそうと早く言ってくれよ。無駄に緊張させやがって。

瞬時に気が抜ける。

「え……現場検証、ですか？」

一方で、守衛は戸惑いつつ書類を捲《めく》り始めた。

「こんな朝早くから……そういう予定は、聞いていませんが……」

守衛の反応を予期していたかのように、エリクは即座に不快感をあらわにする。

「それはそうでしょう。ここにある委任状のとおり、急遽《きゅうきょ》私の手が空いたので、現場検証を早めることにしたのですから。もし疑っておられるなら、査問官を呼び出しかありませんが――まだこの時間だとお休みでしょう。ちなみに、査問官はプライベートを邪魔されるのがなによりお嫌いです」

慌てたのは守衛だ。小隊長の機嫌を損ねたうえ、査問官の睡眠まで邪魔するなどあってはならないことだった。

「そんな、疑うなんてめっそうもありません！」

平身低頭で謝罪し、慌てて扉を解錠する。

どうやら外の空気が吸えそうだ。現場検証のためであっても、じめじめとして薄暗い牢を出られるのはありがたかった。

エリクに続いて外へ出る。エリクに対してだとわかっていても、かしこまって見送られるのは満更でもなかった。

「は～、生き返った。やっぱお天道様はいいわ。これで両手が自由だったらなおいいんだけど」

不自由な両手を上げて身体を伸ばし、しばし空腹を忘れて深呼吸をする。きりっとした朝の澄んだ空気が心地よかった。

「で？　現場検証だっけ？　処刑場か。またあそこへ行くのは気が進まねえなあ」

「こっちへ」

質問には答えてくれず、エリクは足早になる。物陰に入ると、そこには栗毛《くりげ》の馬が繋がれていた。色艶がよく、普通のサラブレッドよりもひと回り以上馬格があり、尻から後ろ脚にかけての筋肉が発達した、いい馬だ。

「それを羽織って、乗ってください」

手首の拘束を外し、灰色のマントを手渡してくる。怪訝に思って首を傾《かし》げると、早く急《せ》かされた。

「頭もです」

まるでやばい荷物か人間を運ぶようだ。と思ったのは当たらずとも遠からずだった。言われたとおりにすると、神経を尖《とが》らせている様子のエリク自身もマントを羽織って手綱を握り、すぐに馬の腹を蹴った。

力強い足取りで、飛ぶように馬は駆け出す。

いったいどこへ向かうつもりなのか。処刑場でないのは間違いなかった。エリクの背中から、これまでとは明らかに異なる緊迫感が伝わってくる。

「…………」

もしかして逃がしてくれるつもりで……。いやでも、そんなことをしたら小隊長としての立場が悪くなる。

それとも、上役の命令で密《ひそ》かに私刑を――。

「おまえ……」

エリクの様子を見れば、さすがに後者の可能性が低いのはわかる。人生初の乗馬が野郎との二ケツだとは想像もしていなかったが、いまはこの男を信じるしかない。

あれこれ考えるのをやめる。

それよりもいまは、馬から振り落とされないことのほうに注意を払ったほうがよさそうだ。

石を固めて舗装してあるとはいえ、かなり振動がある。舌を噛まないよう歯を食いしばりながら、走って来た道を振り返った。

収容所までは一本道だ。

砂埃《すなぼこり》が舞うなか、市街地から離れた乾荒原に建てられた収容所を見ると、あそこには戻りたくないという思いが強くなる。とりあえず三食出てくる日本の留置場は、あそこに比べれば天国だ。

前方に、有刺鉄線で囲まれた門が視界に入ってくる。ここを過ぎればひとまずシャバに出られたと考えていいだろう。

エリクのおかげで門をなんなくスルーでき、胸を撫で下ろした。

馬格を裏切らない持久力を持つ馬は、男ふたりを乗せ、見渡す限りなにもない広大な地を駆けていく。

しばらく走ると、小さな水場を見つけてエリクが馬の脚を止めた。

「グスタフ。もう少し頑張ってくれ」

馬の首を撫でて労《ねぎら》うエリクに、俺も倣う。

「おまえ、グスタフっていうのか。頑張ってくれて、ありがとな」

馬を休ませる間、自分たちもわずかな木陰で水を飲み、一息ついた。自覚していた以上に身体に力が入っていたようで、あちこちが凝り固まっていた。とりわけ内腿《うちもも》に引き攣ったような疼痛《とうつう》を覚えたものの、運動不足のせいだとわかっているので格好悪くてとても口にはできない。

若く、引き締まった体軀の小隊長には特に。

「おまえ、大丈夫なのか？」

愚問と承知で問う。

「大丈夫、ではないですね。でも、少なくとも現時点で一番大変なのは、間違いなく査問官です。もともと所持品の管理が甘い方ですし、私が文字の癖を真似て委任状を書いたので、身の潔白を証明するには手間がかかるでしょう。多少の時間稼ぎにはなるはずです」

エリクの返答に膝を打つ。すかした奴だと思っていたけど、偽造なんてやるじゃねえか。

ムカつく査問官が真っ赤な顔で慌てふためく姿を思い浮かべると、くくと笑いが漏れた。

「いいな、おまえ」

笑顔で肩を叩こうとしたのに、いかにも迷惑そうに避《よ》けられたせいで空振りする。

「やめてください」

こういう部分はやはり相容《あいい》れない。

「行きましょう」

短い時間で休憩を切り上げ、ふたたび馬に乗って走りだす。

町から離れているのか、周囲にはひとの姿どころか、めぼしい建物もない。見渡す限り荒涼とした大地にまっすぐのびている石の舗装道が続くばかりだ。

右手の向こうに、柵が張り巡らされた広場が目に入った。処刑場だ。

収容所から処刑場まで、か。

まるで一ヵ所に臭いものを閉じ込めたような場所だと苦笑する。しかも人々は、処刑ショーを見物するためにはるばる辺鄙《へんぴ》な場所に集まってきたのだ。それを異常だと思うのはこっちの感覚で、この世界、国では当たり前のことなのだろう。

何度も休憩を挟みつつ、先を急ぐ。

「顔を伏せていてください」

唐突なエリクの言葉を怪訝に思ったのは一瞬で、問い返すまでもなくすぐに顔を伏せ、フードをいっそう深く被《かぶ》った。

町が近いのだ。

速度を落とした馬は雑踏のなかを進み——完全に止まった。

「旅の途中でナタスに立ち寄ったそうなんですが、体調を崩したとのことで、とりあえず町外れの診療所まで送り届けるつもりです」

町外れまで来て、知り合いに会ったようだ。目線だけを上げて窺ったところ、相手は三人、身につけているのはエリクのそれとは若干異なる制服だとわかる。

相手の視線がこちらに注がれたのを感じ、背中を丸めて顔を隠した。

「カミーロ小隊長は相変わらずひとがいい。ここは、私が診療所まで連れていきましょう」

厚意の申し出を、エリクはやんわり辞退する。

「それには及びません。あなた方は通常の任務を果たしてください」

「そうですか」

存外すんなり退いた相手にほっとしたのもつかの間、

「一応確認させてもらってもいいですか。もしかしたら、行方不明者かもしれないので」

さらなるピンチに、ごきゅ、と喉が鳴った。幸いにも先方には聞こえなかったらしいが、ここで顔を見られてしまっては同じことだ。

果たしてエリクはどう答えるか。囚人を、しかも魔女の器を連れ出したとなれば、エリクも無傷とはいかない。エリートだけに大きな瑕疵《かし》になる。

「行方不明者のリストは、私も頭に入っています」

エリクの返答を、相手は軽く躱《かわ》す。

「そうでしょうとも。しかし、親衛隊は中央の守り役――ああ、失礼。中央を守護する最強部隊でしたか。あなた方より我々巡察隊のほうが一般市民に関して詳しいと思いますが」

どうやら巡察隊と親衛隊は不仲らしい。もしくは、こいつが個人的にエリクをライバル視しているのかもしれない。

「旅の方、そういうことですのでフードを上げてください。できないのであれば、私がやってもいいんですよ」

どちらにしても癇《かん》に障る野郎だ。通常であれば自ら顔を見せて一発殴ってやればすむのに、そうもいかないのがもどかしい。

エリクはどうするつもりだ？　穏便にすませる方法はあるのか。息を殺して成り行きを窺う。

「信用できないのはあなたの自由です。私が先を急ぐのも私の自由なので。失礼します」

エリクは少しも怯まず、きっぱりと撥《は》ねつけた。

やるじゃねえか。馬が走り出したら、ざまあみろとこっそり中指でも立ててやろう。

そんなぬるいことを考えたのがまずかったのか、ぐう、と緊張感のない音が耳に届いた。俺の腹だ。言動は制御できても、腹の虫ばかりはどうしようもない。手を腹へやったのと、野郎の手がフードを払ったのはほぼ同時だった。

「触んじゃねえ……っ」

「痛っ」

すぐさま手を払ったが、一歩間に合わずまんまとやられてしまう。おそらく俺の顔は巡察隊にも知れ渡っているにちがいない。となれば……。

「これは――」

巡察隊どもが凝視してくる。

いまさら顔を隠しても遅い。完全に詰んだ。終わった。

最悪の事態が頭をよぎる。

なにもかも忌々しい看守が飯抜きにしたのが悪い。いや、それを言うなら魔女の器とかばかげた冤罪《えんざい》をかぶせてきた奴らが元凶だ。

「やるしかねえ」

こうなった以上巡察隊だろうと関係ない。殴り倒して逃げられるところまで逃げよう。エリクのことは脅して連れてきたとでも言えばいい。

ぐっとこぶしを握りしめたそのとき、野郎が吹き出した。

「カミーロ小隊長ともあろうおひとが、やけに神経質になっているから何事かと思えば——なんですか。捨て猫をわざわざ病院に連れていこうなんて。旅人？　まあ、あながち間違いではないでしょうけど」

「……え」

いまこいつはなんて言った？　捨て猫と言わなかったか？　捨て猫だと？　こいつ、俺を捨て猫扱いしたのか？

「ああ、引っかかれてしまいました。結構深いです。化膿《かのう》しなければいいですけど」

野郎が手の甲を見て眉をひそめる。結構深いというのは事実らしく、血が垂れているのを見て多少溜飲《りゅういん》が下がったが、やはり猫扱いは変わらない。

よし、殴ろう。

「俺が捨て猫だぁ？　いい度胸じゃねえか」

馬から下りようとすると、直前で止められる。

「そうなんです。弱っているので、先を急いでいます」

いたって真顔でそう返したエリクに、先方は物好きなとでも言いたげな呆れた様子でかぶりを振り、仲間を引き連れ去っていった。

腹は立つが、助かったのは事実だ。

「……なんだよ、いまのは」

ただし疑問は残る。捨て猫なんて言って侮辱してまで、あの男はなぜ逃亡犯を見過ごしたのか。見す見す功を逃すなど、あの類いの男がするとは思えない。

エリクは俺をじっと見つめたあと、

「ひとまず先を急ぎましょう」

その一言でふたたび馬を走らせた。

「ああ」

一刻も早く立ち去りたいのは自分も同じだ。

ふたたびフードを被り、馬に揺られる。

いよいよ町に入ったのか、目にする景色が変わっていた。人々の往来が増え、活気のある賑やかな町。市場や酒場があり、まるで西部劇でも見ているようだ。

その後もエリクは馬を止めず走り続け——いよいよ尻が限界に来た頃、我慢できずに口を開いた。

いつの間にか畑の広がる田舎道に入っていた。

「どこへ行くつもりだ」

初めて目にするオレンジ色の植物の穂が揺れる様を横目に問う。暑くもなければ寒くもないちょうどいい気候の現在は、果たして春なのか秋なのか。それ以前に四季があるのか。

他にも魔女はいるのか。

疑問点をあげれば切りがないので、細かい部分には目を瞑《つぶ》ろうと決める。なんにしてもこの世界に長居するつもりはなかった。

「アルマの母親の生まれ故郷です」

「え」

「アルマが住んでいたのは、幼い頃の数年のようですが」

行き先はわかった。とはいえ、アルマにゆかりのある場所は果たして潜伏先としてふさわしいと言えるのか、甚だ疑問だ。

こちらの疑念を察したエリクが、

「誰も知りません」

先回りして答えた。

どういう意味なのか、問うまでもない。罪人と決めつけられたアルマは、なにひとつ調べられることなく処刑されたのだ。

たったひとりエリクを除いて。

ちらりと肩越しに視線を投げかけてきたエリクは、相変わらずなにを考えているのかわからない、淡々とした口調で話を続けた。

「いま頃大騒ぎでしょうね」

それはそうだろう。

カミーロ小隊長が無断で囚人を、魔女の器を連れ出したとなれば、それこそ国家を揺るがす一大事だ。

「こんな真似をしたら、立場的にまずいだろ」

なぜ我が身の危険も顧みずに助け出してくれたのか。エリクと顔を合わせたのは最初のときと、聴取の際の二回のみだ。

「まずい、なんてものじゃないですね」

「だったら、なんでだよ」

「なんでってそれは──」

そこで言葉が途切れる。

エリク自身逡巡《しゅんじゅん》しているらしく、声音には少なからず苦さがあった。

「強いていえば、同じ過ちを犯したくないからです」

「同じ過ち？」

返答はない。そのことが、かえってエリクの後悔を証明しているようだった。

「正義感ってわけか」

これには、即座に否定が返る。

「いえ、あえて言うなら自己満足ですね。それより、もうすぐ着きます」

馬のスピードが落ちる。

太陽はまだ高い位置にあるが、体感では、休憩を何度も挟みつつ七、八時間くらい走っただろうか。立派な馬格だからこそなせる業《わざ》だった。

長閑《のどか》な田園風景は去り、ふたたび荒涼とした土地が続いている。収容所があった場所に似ているが、こちらには舗装された道もなく、周囲には砂埃が舞い上がり、少し先すら目視するのに苦労する。

やがて前方に集落が見えてくる。馬を下り、徒歩で近づくにつれ、その光景に絶句した。

石橋を渡った先にある村は荒廃し、薄汚れた家々が曲がりくねった小道に沿って連なっている。古びた茅葺《かやぶ》き屋根は風雨にさらされ、壁はぼろぼろの漆喰《しっくい》で覆われていた。路地には汚れた水たまりがあり、野良犬が徘徊《はいかい》している。

村の端には荒れ果てた畑と、古びた井戸。一目で厳しいとわかる暮らしぶりがそこかしこに見て取れた。

家の前に置いた椅子に座っている痩せた老女もぼんやりとしていて、覇気がない。遠くから見ればただの無秩序な集落でも、そこに住む住人たちは貧困と共に生きているのだと一目で察せられる。

「あなたの目にはどう見えますか？」

「守るべきは中央じゃないって思うな。大変なところは他にあるだろ」

とはいえ、所詮他人事《ひとごと》でしかない。大変なんて言えるのは、外野だからこそだ。処刑場に群がっていた民衆はまだ活気があったのだと、老女を前にして実感する。

「アルムフェルトは犯罪率が低く、諸外国に比べて国民の幸福度が高いと言われています」

「幸福度ねえ」

幸福度が高いのは、お上と都心部に住む恵まれた人間だけだと相場は決まっている。末端で暮らす者など、勘定どころか、視界にも入っていないのだ。

「その手の統計は、大概上澄みをすくってるだけなんだよなあ。さながら光と闇ってところか？」

似たような話を、カールからも聞いた。こういう部分はどの世界でも同じだ。看護師だった母親のおかげで俺自身はそれほど経済的に苦労のない生活だったが、数万円で身を持ち崩す者なら多く見てきた。

「光と闇――そのとおりですね。アルムフェルトには、意図的に忘れ去られた村があるのは事実です。ここもそう」

エリクがシニカルな笑みを口許に浮かべる。

「もっとも私も言えた義理ではありません。なにもせずにいるのですから」

これについてはどうしようもない。誰でも自分の生活が一番だし、個人でできることなどたかが知れている。

「まあ、忘れ去られているなら、潜伏するにはもってこいだな」

あえて軽く返した。

「こちらです」

老女に会釈をして通り過ぎるエリクのあとに続いて、細い道を進む。エリクは一軒の家の前で足を止め、南京錠《なんきんじょう》を開けた。どうやらここに来たのは初めてではなさそうだ。

「ドードー」

表に繋いでおくと食肉にされる懸念があるからだろう、馬の首を押さえて一緒に中に入る。主室は二十畳ほどの広さなので、屋内の柱に馬をくくりつけると途端に狭く感じるが、文句など言えない。最大の功労者はグスタフだ。

「ありがとう。よく頑張ってくれた」

水とエサをやるエリクを横目に、室内を見渡す。

「予想より片づいているな」

中央のテーブルに人差し指を這《は》わせたところ、意外なことにそれほど埃は積もってない。誰かが清掃に入ったのか。

「アルマが改装したようです」

エリクの言うとおり、レンガの壁や石の床、柱には新しい部分がある。長年空き家だった家をリフォームしたのであれば、この家に戻ってくる予定があったのだ。

「あとは、食い物があれば言うことないんだけどなあ」

もっかの問題はそこだ。安心した途端に、目眩がするほどの空腹を覚える。が、この貧困のはびこる村で食料を調達するのは到底無理な話だった。

「それも大丈夫です」

エリクが鞍袋《くらぶくろ》の中身をテーブルの上に広げる。

「なんだよ。おまえ、食い物持ってるなら早く言えって」

乾き物ばかりとはいえ、何時間ぶりだ？　やっと食い物にありつける。さっそく手近にあった乾パンの袋から開封し、口へ運んだ。スキットルの中身は途中で汲《く》んだ湧き水だが、どちらも空《す》きっ腹《ぱら》にはことのほかうまく感じた。

「すみません。気が張っていて、そこまで頭が回りませんでした」

「確かに、顔見せろって言われたときは、終わったって思ったね。けどよ。こんな量じゃ保《も》ってせいぜい三日だろ」

しかもケチって、ぎりぎり三日だ。

「これだけじゃありません。伝手《つて》を頼って、食料と日用品を届けてもらえるよう手配済みです」

「マジか」

短時間で決断し、準備を整えてから実行に移すなど、さすが有能な小隊長だけある。

一方でエリクの表情が浮かないのは、村の状況を目の当たりにして憂いているからにちがいなかった。

「まあでも、自分らだけがってわけにはいかないよなあ」

「そうですね。でも、部外者が軽率に関わっていいものかどうか」

「軽率結構だろ。無職には仕事、宿無しには住処、腹が減ってる奴には食い物。現に空腹が満たされた俺には、ここがパラダイスに思えるね」

ローストした木の実をぼりぼり囓《かじ》りながらそう言った。

一瞬目を見開いてから、エリクは目を細めた。

「そういう適当なところ、羨ましいくらいです」

「ああ、羨め羨め。こっちは死刑囚だ」

「こんなにのんきな死刑囚もいるんですね」

呆れ顔で肩をすくめるエリクに、俺は食べるのを中断した。

「俺がのんきにしていられるのは、おまえが連れ出してくれたからだ。この借りは必ず返すから、ピンチのときは遠慮なく頼ってくれ」

エリクは命の恩人だ。あのまま牢獄にいたなら、早晩処刑場で皆の晒《さら》し者《もの》になっていたにちがいない。

「そうですね。そのときはよろしくお願いします」

「任せろ」

この状況では、借りを返す機会はいくらでもありそうだ。しかも一度とは限らない。先刻も、うっかり巡察隊のいけ好かない野郎に見つかりかけたばかりだ。

「そういや、さっきのあれはなんだったんだ？　あいつ、俺を捨て猫扱いしやがった」

「それなんですが」

エリクは水で喉を潤したあと、真剣なまなざしをこちらへ向けてきた。

「私もさっきから考えてましたが、明確な返答はできません。ただ、アルマの聖獣が黒猫だったのを思い出しました」

「黒猫？」

「心当たりがあるんですか」

心当たりならもちろんある。橋の上でやけに懐いてきた大きな黒猫がいた。が――あれはこの世界に飛ばされる前の話だ。そういえばあの黒猫はどうなったのか。突然の異変に黒猫の行方まで気にかけられなかった。

　という話をしたところ、エリクが考え込む。やはり明瞭な答えは出ないようで、

「憶測ですが」

　と、神妙な面持ちで前置きをした。

「アルマはあなたに白羽の矢を立てて召喚し、聖獣に守らせているのかもしれません」

「だからあいつらには猫に見えたと？　いやでも、なんで俺だよ。そこそこいい男なのは認めるけど、霊感もなければ、超能力も使えないぞ？」

　それとも単に好みで選んだとか？　だとすれば、アルマは男の趣味がいい。

「その場に、召喚に耐えられるだけの体力がありそうな人間があなたしかいなかったからじゃないですか」

「ああ？　喧嘩売ってんのか？」

　繁華街であれば選び放題だったのに、たまたま寂れた宿場町だったせいで俺しかいなかったと？　それが事実であるなら、こんな目に遭っている俺は不運にもほどがある。

「いや待てよ。けど、あのとき、おまえにはちゃんと俺が人間に見えてたんだよな」

「だから、憶測と言ったんです。間違っているかもしれませんし、今後どうなるかわ

かりませんから」

「今後って……おい、まさか俺、黒猫になっちまうとかないよな」

肯定も否定もしないエリクに、頬が引き攣る。できないというのが本当のところだろう。いくら考えたところで、今後どうなるかなんて誰にもわからない。

ぐだぐだ考えても無意味だ。

深刻になろうと思えばいくらでもなれるからこそ、いまはあの牢獄から出られた現状を喜ぼうと決める。

「なあ」

「なんですか」

「俺が逃げたことで、一番がゼロ番になったりする？」

気がかりなのは、カールだ。他の奴らはどうでもいいが、自分のせいでカールの刑の執行が早まるなんて事態になったら——やはり寝覚めが悪い。

「それはないでしょう。あなたのゼロ番は、一番より前にするために便宜上つけられただけですから」

「そうか」

よかった。肩の荷が下り、心置きなく乾パンに囓《かじ》りつく。

「いずれにしても、光明が見えてきました。もしあなたのなかにアルマの聖獣がいるのなら」

「ああ、無害かつ利用価値があるのを証明するってヤツ？」

「いえ。そっちは期待できません。なにしろ逃亡犯ですし」

「くそっ」

舌打ちをすると、エリクは顎を引いた。

「アルマは、本当に王の命を狙ったのでしょうか」

思いがけない一言に息を呑む。

どういう意味だと問うまでもなかった。いまの言葉は、エリクがアルマの処刑に疑問を持っていると明言したも同然だ。

となると、「同じ過ちを犯したくない」という心情も理解できる。ひとりで異を唱えたところでどうにもならなかっただろうが、なにも行動を起こさなかったこと自体を悔やんでいるのだ。

「もしアルマが冤罪だと証明できれば、晴れて俺も無罪放免だって？」

「問題は、どうやってそれを証明するかです。じきに私たちの手配書が回るでしょうし、私は隊を裏切った重罪人ですから」

エリクの口許に浮かんだ自嘲には気づかないふりをする。

「手配書か。裏切り者とゼロ番――最強、いや、最高に凶悪、最凶バディじゃねえの？」

「最凶……って。どんなセンスですか。なによりあなたとのバディは、謹んで辞退します」

「はあ？　全否定かよ。なにが不服なんだ」

「なにもかもです」

「おまえさ、友だち少ねえだろ」

「よけいなお世話ですね」

「そこ否定しないんだ」

ははは、と笑い飛ばす。

第一印象のとおり、真面目でいい奴だとわかったし、出会って間もないにもかかわらず信頼している。エリクは、不器用なまでに誠実な男だ。

もうひとつ。

エリクには適当だと呆れられるだろうが、アルマは案外自分と入れ替わりに向こうの世界に飛ばされていて、よろしくやってるんじゃないか、なんてのんきなことをいま考えている。もちろん単なる願望だ。

「腹も落ち着いたし、俺はそのへん回ってくるかな。潜伏するならここがどういう場所なのか把握しておきたいし」

乾パンの袋をいくつかポケットに突っ込み、右手を上げて家を出る。念のためフードを被り、先刻の老女がいたほうへ細い道を歩いた。

同じ場所に、同じ格好で老女は座っている。遠目だとマネキンに見えるほど、動きがない。

驚かせないよう近づいていくと、できるだけ穏やかに声をかけた。

「ここは、やけに昼が長いんだな」

もとの世界であれば、とっくに陽が沈んでいてもいい頃だ。もっとも魔女が存在する世界が向こうとちがうのは当然だろう。

「お近づきの印に、受け取ってくれ。こんなもんでも、腹が減ってりゃご馳走《ちそう》だぞ」

ポケットから乾パンを取り出し、老女の膝に置く。

やはり反応はない。

生きてんだろうな。思わず老女の口許に手のひらをやると、ガラス玉みたいだった両目が動き、俺を捉えた。

「どこのどなたか存じませんが、私に恵んでくださると？」

しゃがれた声の問いかけに、ひょいと肩をすくめる。

「そんな大げさなもんじゃないって。さっき俺も食ったから、お裾分け。少ないけどよ」

「お裾分け。あんたは善人というわけだね」

よぼよぼして見えた老女の双眸《そうぼう》は存外力強く、まっすぐ見据えてくる。

なんだ、この婆《ばあ》さん。元気じゃねえか。内心で、騙《だま》されたと苦笑しつつ、どうかなと返した。

「自分じゃあそこまで悪人とは思ってないけど、善人かって聞かれると、やっぱりちがうだろうなあ」

実際、善意で乾パンを渡したわけではない。潜伏中にひとつでもアルマの情報を集めるには、彼女を知っている可能性の高い老人と親しくしておいたほうがいい、そう考えたのだ。

だったらいらないと突き返されるかと思ったが、そういうことはなさそうで、老女はさっそく袋を開けて乾パンを食べ始める。その場を離れようとしたとき、ふと、気配を感じて視線を巡らせた。

建物の陰からこちらを窺っているのは、小学生くらいの子ども三人だ。老女の姿しか見えなかったので廃村寸前だと決めつけたのは幸いにも早合点だったらしい。

「あーっと、一回戻らないとなんもないな」

ポケットをひっくり返して見せる。

顔を見合わせた子ども三人は、躊躇《ためら》いつつも物陰から出てきて、老女の両脇に立った。ひとりは優等生タイプで、もうひとりはいかにも生意気そうな男児、そして髪をふたつに結ってワンピースを着た女児だ。

「おっちゃん、だれ?」

生意気そうな男児が真っ先に口を開く。

「誰がおっちゃんだ。礼儀ってものを知らねえのか。そこは『お兄さん』だろうが」

どこの世でもガキどもは変わらない。好奇心いっぱいで、正直だ。

「おれらのてき?」

とはいえ、いきなり敵かと聞かれるとは思いも寄らなかった。

「なんだよそれ」

「だって、いっしょにいたおにいちゃん、ちゅうおうのえらいひとでしょ」

そっちはお兄ちゃんかよ。

エリクが制服の上に暑苦しいコートだかマントだかを羽織った理由に、いまになって気づいた。染みついたエリート臭ばかりはどうしようもなかったようだが。

「いまは休暇中なんだ」

子どもにバレバレなのだから、大人には言わずもがなだ。

「もしかして、やめさせられるんじゃない?」

「じゃあ、もうすぐしつぎょうしゃってこと?」

「だめなおとなだ～」

この場にエリクがいないのがつくづく残念だ。普段クールな男の打ちのめされた顔を見られたにちがいないのに。

くく、と笑い、三人の頭をくしゃくしゃと撫でた。

「待ってろ。なにかあったら持ってくる」

歩き始めた俺の後ろを子どもたちはついてくる。結局、元気な子ども三人を引き連れてアルマの家に戻った。

「よう、お客さんだぞ」

扉を開けると、真面目にも片づけに精を出していたエリクがこちらを振り向いた。かと思えば、ぎょっとした顔をし、信じられないとばかりに眦《まなじり》を決した。

「なにをやっているんですか」

ぐいと腕を引っ張り、子どもたちから離すとすぐ、小声で忠告してくる。そこまで神経質にならなくても、と言ったところでエリクが納得しないのはわかっていた。

「いやまあ、ついてきたものはしょうがねえだろ」

「しょうがないって、初日から緊張感がなさすぎます。旅行に来たわけじゃないんですよ」

すぐそこに子どもがいるにもかかわらず渋い顔になる。とはいえ、三人とも空気を読んでおとなしくなるような子どもではなかった。

「うまがいる！」

「わあ、おおきい」

「すげえ」

馬を見て昂奮《こうふん》したかと思えば、

「あ、だめなおとなだ！」

エリクを指差す。子どもたちにとっては、馬も中央の偉いひともめずらしいという意味で同じ括《くく》りらしい。

「しつぎょうしゃなんだ？」

この質問はさすがに直球すぎる。調子にのって冷やかす子どもたちを止めようとし
たけれど、それより早くエリクがため息をこぼした。

「残念です。ビスケットがあるんですが、駄目な大人からはもらいたくないでしょ
う」

ビスケットをちらつかせるとは、案外おとなげない。

目を見開いた子どもたちは、焦った様子で顔を見合わせる。

「はいはい。ほら、持っていきな。お、板チョコもあった」

第一印象は大事。初日から子どもたちをビビらせるわけにはいかないので、ビス

ケットの大袋とチョコレートを慌ててひとりの子どもに渡した。てっきり満足して帰ってくれると思っていたのに、

「いっこたりない」

男児ふたりが不満そうに主張してきた。

「みんなで一緒に食えよ。つーか、もらったらまずはお礼だろ」

話はそれからだ、と感謝の言葉を促したとき、女児がおかしな動きをしていることに気づく。

「かえろう」

その後三人は急に態度を変え、すぐに出ていこうとした。

「ちょっと待て」

反射的に止めたのは、いつもはポーカーフェイスのエリクがあからさまに目を見開いたからだ。

びくりとした三人が、ドアに向かって駆け出す。外へ逃げられる前に立ちはだかり、おかしな動きをしていた女児のワンピースのポケットに目を留めると、案の定そこは不自然に膨らんでいた。

「きみ、ポケットの中のものを出してくれるか？」

「え、なんで？」

あからさまに狼狽《うろた》え始めた子どもたちに、手を差し出す。ややあって観念したのか、ポケットの中から出した缶詰を俺の手に置いた。

「テテが……わたしのことりがこのあいだからげんきがないんだもん。エサもあまりたべなくて……もしかしたらべつのものをあげたらたべてくれるかもって、おもったから」

嘘《うそ》ではないのだろう。泣きそうな顔で女児は何度も唇を噛む。

「だったらそう言えばいい。黙ってポケットに入れるのは、窃盗だぞ」

柄ではないものの、大人として三人並べて説教をする。一方で、エリクが黙って見過ごしたのは解せない。本来、真っ先に注意しそうなのに。

「エリク？」

首を傾げたとき、動揺の滲んだ声が耳に届いた。

「缶詰が浮いて、ポケットに吸い込まれていった……きみ、魔法が使えるのか」

エリクの一言は、驚くべきものだった。

「魔法？」

いや、突拍子もない話だとは言い切れない。ここはアルマの母親の故郷だし、なにより子どもたちの反応がエリクの言葉を肯定していた。

つまりアルマひとりではなく、この村には他にも魔女が存在するということだ。

「そっちの子だけか？　おまえらは？」

確認のため男児に問うと、ふたりともかぶりを振る。魔法が使えるのは女児ひとりらしい。

「バレたら、ばあちゃんにしかられる」

よほど「ばあちゃん」が怖いのか、三人とも見る見る目に涙を溜め、洟《はな》をすすり始めた。

「なんだよ。これくらいで泣くなよ。怒ってるわけじゃない」

泣く子と地頭《じとう》には勝てぬ、と先人の言ったとおりだ。目の前で子どもらに泣きべそをかかれて、問い詰めたこちらが悪いことをした気分になる。

まったく。これだからガキは厭なんだ。

「出来心なんだろ？　俺も憶《おぼ》えがある。第一、他人を説教できる立場じゃないしな」

聞きたいことはあるものの、現時点では難しそうだ。エリクも頷いたので、乾パンを追加して子どもたちを解放した。

「どう思う？」

ふたりになってすぐエリクに問う。

たっぷり間を空けてから、慎重な返答があった。

「おかしなことじゃないです。むしろ、この村で魔力を持っていたのがアルマだけとは考えにくいでしょう」

なんでそれに気づかなかったと言いたげだ。確かにそのとおりで、村人はそういう血筋なのかもしれない。

「食料持参で探りを入れてみるか」

「明日にしたらどうですか」

「まあ、そうだな。急ぐこともないか」

エリクの言うとおり、あの様子では「ばあちゃん」に打ち明けるにも時間が必要だろう。

「こっちも今日は疲れてるし」

奥のドアを開けると、そこはアルマの寝室のようだった。若い女性が住むにしては、無駄なものがひとつもない簡素な部屋だ。堅実と言い換えてもいい。

しばらく借りるよ、と心中で断り、寝室に足を踏み入れる。

「布団は、あるわけないか」

木枠が剝き出しのベッドに横になると、どっと疲れが押し寄せてきた。今日はいろいろあったし、明日からのことは明日考えればいい。

ああ、そういや、エリクに礼を言い忘れた。

起きたらすぐ言おう。

自然に瞼が落ちてくる。なぜか脳裏を黒猫がよぎり、こちらを見てにゃあと鳴いたが、睡魔には勝てずすぐに身を任せて、深い眠りに落ちた。


数日後。水と乾パンで味気ない朝食をすませたあと、エリクは届く予定の食料や日用品（愉しみだ！）を待って家に残り、俺は俺で情報集めのために家を出た。まずは初日の老女のもとへ向かったが、一番の目的は子どもたちだ。

老女はいなかったので、結局あてもなく村を徘徊するはめになる。あらためて目にしても、エリクの言った「忘れ去られた村」という言葉がふさわしく、なにが幸福度が高いだと顔をしかめずにはいられなかった。

「そういや、今日は平日か？」

それ以前に曜日があるのかどうか。

たまに大人を見かけても、すぐに家に入ってしまうせいで声ひとつかけられない。情報を得るどころか住民とまともに顔を合わせるのも難しい状況だ。

とりあえず学校を探そう。

学校なら職員、子ども、誰かいるはず。先日会った三人も見つけられるだろう。なんて気楽に考えていたが、さほど広くはない村を隅から隅まで歩いてもそれらしき建物を発見できなかった。

驚きはない。教育の機会を得られない子どもは世界じゅうにいくらでもいるし、忘れ去られた村であればむしろ当然だ。

「さて、どうするかなあ」

このままぶらぶらしたところで無駄に時間を過ごすだけになる。大人はとりつく島もなく、子どもは家の中。となれば、例の老女を頼るしかない。

老女が座っていた場所に戻り、レンガを積み重ねただけの建物の前に立つ。呼び鈴らしきものが見つからなかったので、思い切り息を吸い込んだ。

「頼もう！」

こういうときは正面突破に限る、とは兄貴のポリシーで、ここはその教えに倣って声を張り上げる。

木製ドアに耳をくっつけ中の様子を窺ってみたところ、揉めているのか、やけに騒がしい。金属の輪に手をかけて引いてみたが、鍵がかかっていてドアはびくともしなかった。聞き耳を立てて数秒後、いきなり中から開いた。

「お」

飛び出してきたのは、先日の三人のうちのひとり、生意気そうなガキだ。老女の孫だったか。目が合った瞬間、涙のいっぱい溜まった大きな目からぽろりと雫《しずく》がこぼれた。

「なにかあったのか？」

まさか先日の件で泣くほど叱られたか。

「ミミが」

だが、そうではなかった。

「ミミ？」

少年の背後に視線をやる。そこには老女以外にも男児の両親らしき大人の男女がいて、涙の理由はすぐにわかった。

ミミと思しき犬が床に敷かれた布の上に横たわっている。怪我を負っているようで、布は血で染まっていた。

「ユハン」

老女が少年を呼ぶ。その重い表情と声から自《おの》ずと状況は察せられた。

泣きながらドアを閉めようとした少年ユハンを見て足を踏み出したのは、俺にしてみれば自然な行動だった。

「すまないが遠慮してくれ」

父親の正当な言い分にも構わず、室内に入る。犬の傍にしゃがんで胸に耳を当ててみるとすでに鼓動は止まっていたものの、まだあたたかかった。

「心臓が止まってどれくらいだ？」

「たったいま」

答えたのはユハンだ。

「わかった。えらいな」

すぐさま心臓マッサージを始める。

「ちょ……あんた」

「退《ど》いてろ。心臓マッサージは兄貴で経験済みだ」

大人たちにはそう言い、

「名前を呼んでやれ」

ユハンには声をかけ続けるよう指示した。その間も休まず心臓マッサージを続けて数分。幸いにも鼓動が戻ってきた。

「ミミ！」

途端にユハンが笑顔になる。目を開け、クンクンと鼻を鳴らし始めたミミに泣き笑いで抱きつき、

「ありがとう！　ありがとう！」

礼をくり返す。

感謝されるなんて柄じゃねえんだ、と払うように右手を振りつつも、内心ではがっ

かりさせずにすんでよかったと安堵《あんど》していた。

「傷の手当てをするから、清潔な水と布きれを持ってきてくれ」

誰にともなく頼んだところ、母親が動く。

いまだ難しい顔をしている老女が、躊躇いがちに口を開いた。

「あんたが、あのアルマの器だね」

「なんだ、俺のこと知ってるのか」

忘れ去られた村にまで知れ渡っているほど有名人らしい。いや、ゆかりのある村なら当たり前か。

「アルマは、特別な子だったからね。でも、まさかこんなことまで」

犬を抱きしめるユハンに目を細めつつ、老女が頷く。どうやら少しは心を開く気になってくれたらしいが、ひとつ大事なことを断っておく必要があった。

「あー……いまのは魔法でもなんでもない」

案の定、老女も両親も俺が魔法を使ったとでも思っていたようだ。信じられないとばかりに顔を見合わせる三人に、医療行為だと説明する。

「俺は医療を学んだわけじゃないけど、応急処置しなきゃならない場面が何度かあったんでね」

怪我人の処置ならしょっちゅう、人工呼吸に心臓マッサージも二、三度。なぜかその手の場面に居合わせることが多かった。

「言ってることはよくわからんが、あんたは孫の大事な友だちを救ってくれた」

半分呆《ほう》けているように見えた老女がかくしゃくとしていた事実もさることながら、じつは村長だったことに驚く。呆けたふりで、俺とエリクは値踏みされていたというわけだ。

「ミミの血で汚れてしまったシャツを脱いで、湯浴《ゆあ》みをしてください。着替えはこちらを」

「湯浴み……」

いまの俺にこれほどありがたい申し出はない。母親に着替えを差し出され、ありがたく厚意を受ける。こちらに来て一度も風呂に入れていない身には、遠慮という選択肢はなかった。

案内されたのは、浴槽こそないが、意外にもちゃんとした風呂だった。甕《かめ》に入ったあたたかい湯も清潔で、数日間の汗と埃を流す。頭から湯を浴びているとき、ふと視線を感じて顔を上げた。

「覗きかよ」

身体の向きを変える。が、時すでに遅しだ。

「せなかの、おっちゃんがかいたの？」

目をキラキラさせたユハンが風呂に入ってきた。

「なにがだよ。てか、出ていけ」

「それなんのえ？　おばさん？」

「おばさんって……」

はあ、とため息をこぼす。子どもの好奇心の前では、嘘やはぐらかしなど無意味だ。ちゃんと答えるまでしつこく聞かれるのは目に見えていた。

「罰当たりな。なにがおばさんだ。これはな、吉祥天っていう繁栄と幸運をもたらすありがたい女神様よ」

婆さんが血相変えて飛び込んでこねえだろうな。ドアの向こうを気にしつつ説明する。

「へえ」

「いいだろ」

「うん！」

熟視してきたユハンは、いっそう目を輝かせた。

「これは？」

右の二の腕を指差す。

「アゲハ蝶《ちょう》だな」

こっちはまだ正式に盃《さかずき》を交わす前に入れたもので、黒一色だ。

「アゲハチョウ。にこ」

「にこってなんだよ。蝶は一頭って数えるんだ」

と教えてやってから、「二個？」とユハンの言葉をくり返した。

「うん。にこいるよ」

「いや、そんなわけ……」

右腕を確認する。

「え」

一瞬、自分の目を疑った。ユハンの言ったとおりそこには二頭の蝶があった。

「……なんで」

若い頃に入れた蝶のスミは、一頭だ。それなのになぜ増えてる？　いくら頭を悩ませたところで憶えがない以上、答えなんて出るはずもなかった。

「おれも、とうちゃんにかいてもらう」

「は？　いやいや待て」

いまにも飛びだそうとするユハンを慌てて止める。せっかく打ち解けかけているというのに、こんなことで台無しにしたくはない。

ひとまず蝶の件は保留にして、ユハンにどう説明すべきか思案する。

「まあ、常識とか社会通念とかちがうんだし、スミの理由なんてわかんねえか」

なにしろ魔女が存在している世界だ。白黒がちがってもおかしくない。

「あれだ。大人だけに許された特権だから、まだおまえには早い。あと、他人に喋ったら駄目なヤツ」

一応釘《くぎ》を刺すと、ユハンは不満げなそぶりを見せる。

「俺には大事なものだから、あまり知られたくないってことだ」

それでも言い方を変えただけで、ユハンなりに納得したのだろう、真剣な面持ちで頷いた。

「わかった。おとなになるまでだれにもいわない」

そういや頭のところのガキもこれくらいの歳だったたな、なんて懐かしさを覚えつつ小指を差し出す。小指があってよかったと思う日が来るなんて思わなかったと苦笑しながら。

「男と男の約束だ」

「おとことおとこのやくそく」

ユハンの憧れの視線に多少後ろめたさを覚えたものの、向こう式のやり方で約束を取りつける。

別にこれまでの生き方を恥じているわけではなくとも、死んだ母親に顔向けできずに墓参りからも足が遠退《とおの》いていたのは事実だ。

飽きたら抜ければいいなんて軽く考えていたのは最初の二、三年で、存外水が合ったらしい。暴対法の煽りを食っていたさなかに親父が病であっさり亡くなり、遺言に従って解散届を提出するまで居座ってしまった。親父の意向を尊重したとはいえ、本音では未練があった。

気づけば三十四歳、中年ホームレスのできあがりだ。

「……あー、厭だね。せっかく忘れかけていたのにグダグダと。柄じゃないっての」

最後にざっと湯を浴びて、短い入浴を終える。ユハンの母親が用意してくれた衣服は簡素だが、さらりとして肌馴染《はだなじ》みがよかった。

「最初はひでえ暮らしだって思ったけど、そうでもないみたいだな」

忘れ去られた村としては、貧困であるほうがなにかと都合がいいのかもしれない。世間から外れて生きてきた身としては、わからないでもなかった。

「おかげさまでさっぱりしました」

みなのもとへ戻り、礼を言う。どうやらユハンは約束を守っているようで、こちらを見るとそわそわとし始めた。

「それで、あんたはなにを聞きたいんだい？」

村長だった老女――アデルから水を向けられる。

「さすがババ……村長だな。話が早い」

敷物に座り、アデル婆と向き合ってすぐ、ストレートに切り出した。

「俺は、蓬莱慶司だ。言っとくが、魔女の器なんて言われて正直迷惑してる。で、だ。この村にはアルマみたいな魔女が他にもいるって認識で合ってるか？」

いまさら自身に降りかかった災難を嘆くつもりはない。だからこそ危機感があるし、エリクを巻き込んだ以上、ますますあきらめるわけにはいかなかった。


──アルマは本当に王の命を狙ったのでしょうか。


「ああ。もともとは魔女の隠れ里だったからね」

てっきりはぐらかされるとばかり思っていたのに、アデル婆はあっさり肯定する。

「といっても昔の話で、もうほとんどの者はなんの能力もない。私もせいぜいコップを右から左に移動させられるくらいだからね」

「ユハンの友だちは？」

「イルマか？　いまのところ私と似たようなものだよ」

「アルマだけが特別だったってことか」

「あれは先祖返りみたいなもんだ」

哀れみが口調に滲んだ、そう感じたのは勘違いではなかった。

「両親と一緒にアルマが村にやってきたのは、まだ八つになるかならないかの頃だ。母親はこの村の生まれだったけど、父親のほうは村に馴染めなくてな。母親が亡くなってすぐにアルマを連れて出ていった。もうずいぶん昔の話よ」

おそらく外部の人間だったのだろう、父親の心情は理解できる。厄介事から我が子を遠ざけようとするのは、親として自然なことだ。

「けど、アルマは最近また戻ってきてたんだろ？　家を改装してたみたいだし」

「ああ、長年介護していた父親が亡くなったらしい」

「どんな様子だった？　思い詰めていたとか、不機嫌だったとか。そもそも彼女はだいそれた罪を犯すような人間だったのか？」

最後のほうは独り言みたいなものだったが、意外にも即答えが返る。

「恨みかもしれん」

「恨み？」

さもありなんだ。ひとを動かすのは、大抵の場合大義より個人的感情と相場は決まっている。

「様子がおかしかったかどうかは、普段を知らんからなんとも言えん。ただ、あれの母親は、魔女を排除しようとする国に殺されたようなものだから、恨んでいたとしてもおかしくない」

　国に殺された――しかも母子二代にわたって。

　ただ事ではない。

「なにがあったんだ？」

「アルマの母親は流行病で死んだ。治療薬がすでにあったにもかかわらず、いくら頼んでもこの村には届かなかったよ。アルマの母親だけじゃない。年寄りから子どもまで多くの者が犠牲になった」

　忘れ去られた村という言葉の意味を、いまさらながらに知る。潜伏するには都合がいい、なんて村人に対して言わなかったのは正解だった。

　アルマが魂の器を望んだのが、恨みを晴らしたいがためだったと思えば合点がいく。もちろん迷惑しているし、俺自身異能とは無縁の男なので召喚が成功したとは言いがたいが。

「それで、魔法を使うことを禁じてるって？」

　叱られる、とあの子、イルマは身を縮めた。

「このご時世、なにが起こるかわからんからね。あらぬ疑いをかけられてはたまらん」

「確かに」

うっかり魔女とバレてしまえば、その時点で投獄され、まともに裁判もされず葬られる可能性は大いにある。

その一点に限れば、現在忘れ去られた村であることは都合がいい。この国の表と裏は、考えていたよりずっと複雑なようだ。

「水は豊富にあるし、自給自足で食事もまかなえておる。ただ、甘味は貴重品。ユハンはもらった菓子を胸に抱えて目を輝かせて帰ってきた。感謝するよ」

アデル婆が頭を下げる。

「いや、感謝するのは俺らのほうだ。勝手にやってきて居着こうとしてるんだし」

「追い払うつもりだった」

ふ、とアデル婆が目を細める。

「まあ、そうだろうな。呆けたふりまでしてたくらいだ。ミミのおかげ？」

「それもあるが、自分を善人と言わなかったからね。なにより子どもたちが懐いたようだったんで、様子を見ようということになった」

なるほど。ユハンたちのおかげか。

そのユハンは、愉しそうにミミと遊んでいる。

「さっきも言ったけど、俺は魔法なんか使えない。魔女の器だなんだと言われても、なにも感じないし、できない。だから、単なる逃亡犯」

ひょいと肩をすくめてみせる。

最低限の礼儀、そして念押しのつもりだった。

「どうせ忘れられた村だ。好きなだけいるといい」

アデル婆の厚意をありがたく受ける。

「風呂と着替え、助かった」

長居を詫《わ》び、暇《いとま》を申し出た俺は床から腰を上げた。

「おっちゃんち、またいってもいい？」

「おっちゃんって呼ぶのをやめたらな。ホーライ、もしくはケージって呼べよ」

「わかった！」

外へ出ると、閑散としていた通りには普通に村人たちがいて、俺を見ると会釈をしてくる。スマートフォンがないなかでこれほど早く連絡が行き渡るのもアデル婆の魔力、いや、統率力のおかげか。

挨拶を交わしながら帰宅すると、玄関の前には馬車が停《と》まっていた。待望の荷物が届いたらしい。

「来たか！」

勇んで中へ入ったところ、そこにはエリクと、パンツにロングブーツ姿で決めたスレンダーな体軀の若者が待っていた。

「よう。俺はエリクのバディで、蓬萊だ」

テーブルの上には干し肉や燻製《くんせい》、瓶詰め等の食料が並び、日用品、衣類は床に積み上げられている。

「寝具があるじゃないか！」

マットとブランケットが目に入った途端、覚えず声が出る。食事と風呂が叶《かな》ったいま、なにより大事なのは快適な睡眠環境だった。

「手助けできて嬉しいわ。初めまして、ホーライ。マヤよ」

若者が目深に被ったつばのある帽子を脱いだ。すると、豊かな赤毛が現れ、驚きに目を見開く。

「女か」

「女で悪い？」

「いや、大歓迎だ」

しかもとびきりの美女ときている。こんな美女と知り合いなんて、おまえも隅に置けないとエリクに言ってやろうとしたのに、この堅物は鼻の下を伸ばすどころか、自虐的な笑みを浮かべた。

「単なる逃亡犯ですが」

マヤが声を上げて笑い、エリクの肩を叩く。

「裏切り者とゼロ番だっけ？　イカすじゃない」

どうやら見た目同様、中身もいい女のようだ。

「だろ？」

反してエリクは渋面を崩さない。

「何度も言って申し訳ない。自分たちがここにいることは誰にも」

「秘密でしょ？　安心して。私の仕事は調達で、相手が誰であっても顧客の情報はけっして漏らさない。それが鉄則」

口に手をやり、指でチャックをしてみせる。通常であれば食事に誘いたいところだが、さすがにそうはいかず、「じゃあまた来月」と去っていくマヤを見送った。

「人間って現金だよな。汗を洗い流して、食い物があって、いい女と話をした。それだけでテンション上がるもんな」

「え、いま汗を洗い流してって言いました？　そういえばあなた、その衣服はどうしたんですか？」

怪訝な顔になるエリクに、ことの次第を説明する。神妙な表情で聞いていたエリクが真っ先に口にしたのは、

「湯浴みができるんですか」

だった。

「だよなあ。俺も驚いた。湖から水を引いているらしい。熱めの湯で気持ちよかった」

飲み水にも困っていないのなら、浄化槽が設置されているのだろう。

「その湖に案内してください。水汲みに行きましょう」

「気持ちはわかるよ。けど、さすがにどこにあるか知らない。アデル婆に聞いても、よそ者にすんなり答えてもらえるかどうか」

「アデル婆？」

「例の座ってた婆さん。村長だってよ」

エリクが目を瞬かせた。俺もすっかり騙されていたから、エリクの反応はもっともだ。

その後、アルマについて得た情報も共有した。が、気もそぞろなエリクを前に、いったん話を中断するしかなかった。

目の前にさっぱりした人間がいるのだ。自身の汗と埃が気になるのは致し方ない。

結局、干し肉の手土産持参ですぐにまたアデル婆の家に向かうことになった。

「ありがとうございます。助かりました」

エリクの好青年ぶりはここでも十分通用した。あっさり湖の場所を教えてもらったうえ、結局風呂も使わせてもらったエリクは丁寧に感謝を述べる。

「なんの。お役に立ててなによりじゃ」

自分のときよりアデル婆が愛想よく見えるのは、けっして勘違いではないだろう。同じ衣服を身につけたせいで、エリクの男ぶりのよさが際立つ。エリクの場合、外見のみならず立ち居振る舞いが洗練されているため、一瞬で場の雰囲気を変えるのだ。さすがどこでも主役になる男。おかげで、単なる逃亡犯から客人へと一気に格上げされたのはありがたかった。

大人たちの態度が軟化したことで、ユハンも急激に距離を縮めてくる。

「なあなあ、ホーライ。遊んでよ」

「遊ばねえよ」

素っ気なく返しても、ガキは空気を読むことを知らない。出された茶をゆっくり飲む暇すらくれるつもりがないのか、しつこく絡んでくる。

懐くんじゃねえ。

うんざりしつつも、せっかく得た客人の立場を保つためにユハンの相手をするしかなかったが、その甲斐あって（大半はマダムキラーのエリクのおかげだ）、手料理を勧められるまでになった。

なにかわからない煮込み料理は意外なほどうまく、パンもふっくらとして素朴な味がした。久々にまともな料理を口にして人心地ついたとき、ふいにアデル婆と目が合った。

「あんた、家族はいるのかい」

唐突な質問だ。アデル婆は、俺の身体に染みついている裏稼業の空気を敏感に察知したのかもしれない。

「少し前までは。いまとなっては俺が消えたこと、誰も気づいちゃいないだろうよ」

そういう意味では解散後でよかった。下手に捜索されて、他の組が疑われるような事態になっていたなら、すわ抗争なんてはめに陥りかねなかった。

「そうかい」

アデル婆の返答はそれだけだ。

身の上話なんてする気はなかったので、深く追及されずにすんだのはありがたかった。


アデル婆の家から帰宅後、エリクと村の印象について話した。役立つような情報は得られなかった半面、ひとつ判明したことがあった。

「案外普通の生活だって言ったの、ひとまず撤回しとくわ。ユハンは最低限の読み書きもできない」

自分の名前が書けないのはもとより、絵本も読めなかった。

「そうですか」

　エリクの反応は薄い。

「わりとここじゃめずらしくないのか？」

　それとも、この村が特殊なのか。

「どちらとも言えません。程度の差はあっても教育が行き届いていない地域は他にもあるので」

　幸福度の高い国が聞いて呆れる。魔法の世界に来たってのに、そういう部分に限って現実的だ。

「村に馴染むにはガキを手懐《てなず》けるのが手っ取り早い。おまえ、子どもに読み書きを教えてやれ」

　これしかないというほどの良案だ。一石二鳥とも言える。

「無理ですね」

　しかし、いとも簡単に拒否される。

「なんだよ。確かにガキはうるせえけど、世話になるんだからそれくらい我慢しろって」

「そう言うなら、あなたが教えればいいでしょう」

「俺はやだよ」

「どうして」

「面……」

面倒くせえ、と言いかけてやめる。冷ややかな視線を投げかけられるのはわかりきっていた。

「いや、そっちこそなんで厭がるんだ。公僕として、子どもたちの将来が気にならないのか」

エリクが黙り込む。

まっとうな男がこれほど悩むとは、よほどの事情があるにちがいない。もしかして自分はもう公僕ではないからと、遠慮しているとか？

「エリク」

「私は、子どもに好かれないんです」

エリクは苦渋の表情で、思いがけない告白をしてきた。

「努力をして歩み寄ろうとすればするほど距離を置かれます。そういう事情なので、いくらこちらが読み書きを教えようとしたところで、先方にとっては迷惑になるだけですから」

「……マジか」

まさかそんな理由からだったとは。唖然とした次の瞬間、俺は思い切り吹き出してしまった。

「無敵のホープはガキが苦手で、だから関わりたくないって？」

「ちがいます」

いかにも不本意そうに、ふいとエリクがそっぽを向く。

「子どもが私のことを苦手にしてるんです。というか、なんなんですか。無敵のホープって」

「まあまあ」

エリクの肩を叩いて慰めた。

「誰でも弱点はあるもんだって。おまえ表情筋死んでるもんな。もっと愛想良くしないと、あいつら怖がるだろ？」

初めて優位に立てたことが嬉しくて、頬が緩みっぱなしになる。エリクがふてくされて見えるから、なおさらだ。

「あなたが相手をすればいいじゃないですか。ユハンに懐かれているようですし」

「やだって言ったろ。それに俺は」

所詮よそ者だ。なんの縁故もないし、もとの世界に戻れる手段があるなら、すべてを放り出していますぐにでも戻りたいと思っている。そんな奴が未来ある子どもたちに、中途半端に関わっていいはずがない。

「結局、面白がって私に押しつけてるだけでしょう」

「いやいや」

呵々《かか》と笑う。

「まあ、しばらく住まわせてもらうからには、できる限りの努力はしますけど」

「弱点を克服するいい機会じゃないか」

アルマの件については最初にアデル婆から聞いたこと以上の情報はなかったが、エリクの意外な弱点を知れたのは個人的に大きな収穫だった。

「わかっていると思いますが、一生隠れ続けるわけにはいきません。なんとか冤罪を晴らす方法を見つけないと」

言われなくてもそのつもりだ。

「ついでに、あっちに戻る方法が見つかれば万々歳なんだけどな」

早い話、戻る術《すべ》さえあれば万事解決だ。この世界とおさらばできるなら、アルマが極悪人でも無罪でも関係ない。俺が処刑されることはないのだから。

巻き込んでしまったエリクに対して申し訳ない気持ちがあろうと、もしそのときが来れば俺は迷わず戻るだろう。

「…………」

いや、二秒くらいは迷うか。

「ということで」

まずは手がかりを求めて、部屋をチェックして回る。他人の、しかも女性のヤサを探る後ろめたさはあるが、そうも言っていられなかった。最後に書斎らしき部屋に入ると、棚の書物の多さに驚く。

広さは四畳半くらいか。デスクと書架のみの飾り気のない部屋だ。堅実で読書家。アルマを知れば知るほど大罪人のイメージからかけ離れていく。

「いろいろな書物がありますね——このあたりは手記のようです」

エリクが書架の一角に手を伸ばす。

指が手記に触れた瞬間、バチッと火花が散った。

「なんだ、いまの」

「わかりません」

静電気にしては、火花が大きすぎる。ほんの一瞬触れただけのエリクの中指は、火傷《やけど》で赤くなっていた。

「利き手じゃなかったのは幸いでした」

相手は魔女だ。鍵代わりの魔術をかけていたとしても不思議ではない。

「とりあえず冷やしたほうがいい。あと、手袋あるか」

「ありますが、指先がわずかに触れただけでこれですよ。手袋をしたところで、短い時間しか保たないでしょう」

「ないよりマシだろ」

「そうですが」

いったん書斎を出て、エリクから革手袋を受け取る。

「ちゃんと冷やせよ」

エリクにそう言い、書斎に戻ってすぐに手袋をはめるとまずは適当に選んだ本を開いた。この村──エンヘート村というらしい──の成り立ちやらなんやら貴重な資料がまとめられたものだとわかり、ひとつの可能性が頭に浮かんだ。

アルマがエンヘート村に戻ろうとしていたのは、地域史や手記を残そうと考えたためではないか。自身のルーツを知りたいと思うのは、至極普通のことだ。

続いてさっきエリクが触れた手記を、駄目元で摑んでみた。

手袋のおかげなのか特に異変は起きず、なんなく書架から引き抜く。厚みのある表紙をめくっても変わらず、滑らかな文字を目で追った。

若い娘らしい悩み等が綴《つづ》られている部分は斜め読みをし、さくさくとページを進めていく。

「え、外したんですか」

「あ？　ああ。捲りにくかったから」

どうやら無意識のうちに手袋を外し、床にあぐらをかいて没頭していたようだ。特段問題はなさそうなので、さっきのはたまたまだったとも考えられる。

「でけえ静電気だったんじゃないか」

一瞬怪訝な顔をしたエリクが、俺の持つ手記にそっと指を近づけてくる。触れる前に先刻と同じようにバチッと音がして、すぐさま退くはめになった。

「どうやらあなただけみたいですよ」

「俺だけ？」

なんでだよ、と問いかけて、やめる。問うまでもなかった。これっぽっちも自覚はなくとも、やはり自分にはなんらかのアルマの力が作用しているのだろう。

「手記は俺が読む。他の書物なら大丈夫そうか？」

「ええ、手記だけみたいです」

エリクは厚みのある本を手に取ると、デスクに腰を預け、黙読し始めた。

紙を捲る音だけが耳に届く。こちらも集中するうちに次第にそれも聞こえなくなった。

しばらくして、気になる箇所を見つけて手記から目を上げた。

「まだ十代の頃だと思うんだが、頻繁に『オルガ』って名前が出てくるんだよ。『オルガほど聡明《そうめい》なら』『オルガはいつもまっすぐで、迷ってばかりの自分とはちがう』

『オルガの話を聞いていると、目の前に虹が見える』とか、まあいろいろ。相当入れ込んでるみたいだけど、彼氏か？」

「いえ」

　エリクがやけにきっぱり否定した。

「オルガは女性の名前です。それに」

床にしゃがむと、自身が手にしている本を広げてみせた。

「ここを見てください」

　エリクの人差し指が示した箇所へ目を落とす。

「……オルガ！」

　オルガと書かれている前後を確認して、思わず声を上げた。それも当然で、オルガという魔女が反乱を起こしたとあるのだ。

「アルマとオルガには交流があったんですね」

　エリクも驚いているようだ。

「ちょっと待ってくれ」

　しかも、驚きはそれでは終わらなかった。

「アルマは何歳だったんだ？　オルガと交流があったんなら、少なくとも四十以上……下手したら五十を超えていたってことか」

「そうですね。正確にはわかりませんが」

「そんな歳になって国家転覆を企んだって？」

本来ならそろそろ老後を考える年齢だ。冤罪の線がますます濃厚になる。が、その後のエリクの一言に、認識をあらためざるを得なかった。

「一説には、魔女は二百年以上生きると言われてます。三百歳近い魔女もいたと聞きますし――アルマも、外見上は二十代の女性でした」

「マジかよ」

もしそれが事実であれば、魔女が忌み嫌われるのも頷ける。誰でも異質な対象には不安を抱き、恐れるだろう。自分の子や孫の代になっても生き続けている魔女に呪言を吐かれることを想像しただけでも、背筋が寒くなる。

しかも、アルマの力は特別だった。

「それで？　オルガってのは何者だ？」

「こう書かれています」

ページを指で押さえたエリクが該当箇所を読み上げる。

「十七年前――これは、十四年前の書物なので十七年前となってます。魔女オルガはナタス事件の首謀者である。聖女の名を騙《かた》り、中央に入り込むと預言と称して数々の異変を鎮めてみせ、民の信頼を勝ち取ったのち側近を操り、中央を意のままにしてナタスを我が物にせんと目論《もくろ》んだ。中央のみならず民を巻き込み、多くの者を死に至らしめる結果となった」

　オルガ、すげえ。

　まるで漫画のような展開に、単純に感心する。

「オルガはその魔力でもってニール王を亡き者にしようとし、無辜《むこ》の民の命をも奪った大罪人だが、聖女リアナが自身の命と引き換えにオルガを倒し、ナタスを救ったのだ」

「聖女リアナ、半端ねえな」

　すげえオルガからナタスを救ったリアナは最強だ、などと子どもみたいな感想をつい漏らした俺を無視して、エリクは別の書物を手にとった。

「話はこれでは終わりません。およそ三十年前の書物にはこうあります。いまから約百八十年あまり前の某日、のちに審判の日と呼ばれる反乱が起きた。千人の国家警備隊、一万人の民が犠牲となり、宮殿の改修、町の復旧に莫大《ばくだい》な費用が投入された。反乱の首謀者の名は、魔女オルガ」

「は？　二百年前にもやってんのか？　オルガ、超人すぎないか？」

　こうなるとアルマは超人オルガに洗脳されたとも考えられる。

　エリクが首を左右に振った。

「オルガというのはありふれた名前です。ここに記されているのは三十年前のオルガとは別人で、年齢的に祖母ではないかと。いくら魔女でもそこまで長生きするとは考えにくいですし、続きがあります。『その際オルガの一族はみな投獄、処刑され、オルガ自身は獄中で亡くなった。唯一幼い娘メアリには恩赦が与えられたが、国外の人買いに売られた』」

「あー……なるほど。オルガはじゃあ、メアリの娘で、祖母の復讐《ふくしゅう》のためにナタス事件を起こしたってことか」

「そのようです。三十年前の事件以降は、祖母のほうを『大オルガ』と呼ぶようになったとありますので、よほど力の強い魔女だったんでしょう」

大オルガ……確かに強そうだ。

「それで、アルマは？　孫オルガの縁者なのか？」

「ちがうはずです。オルガには兄弟も子もいなかったようなので」

「まあ、血の繋がりはそれほど重要じゃないもんな。血なんか繋がってなくても、大事なひとのためだったら復讐でもなんでもしたいと思うのは普通のことだ」

親父や頭、組員の顔が脳裏をよぎる。俺にとって彼らが家族だったのはまぎれもない事実だ。ほんの一時にすぎなかったが。

「オドネル大隊長のお父上も、三十年前の事件では警備隊の大隊長として前線に立たれて、受勲されるほどの活躍をされたそうです。ただ、そのときの怪我がもとで不幸にも亡くなったと聞いています」

「へえ」

「国家に対する反逆行為を憎んでのことでしょうけど、大隊長がアルマの処刑に積極的だったのも事実です」

いや、多分に個人的恨みが入っているにちがいない。もし俺なら、ざまあみろとせせら笑うはずだ。

「なるほどね。俺は、その大隊長のせいでさっさと始末されそうになったってわけか」

「大隊長のせいではありません。ほとんどの官僚があなたの早急な処刑に賛成でしたから」

「あ、そ」

ようはやり方がやくざと同じだ。

とりあえずやられたらやり返す。やられなくてもムカつく相手はぶん殴る。倍返しどころか根こそぎ奪い取りにかかるのだから始末が悪い。

「それにしても、国史では魔女がいかに危険な存在なのかを教えられただけだったので、まさか一族を根絶やしにされていたとは——」

微かな同情心が声音に滲むのはエリクらしい。無関係の親族、なにより人買いに売られたという幼いメアリを慮《おもんぱか》ってのことだろう。

ごろりと床に寝転び、手記に意識を戻す。

「取り戻したいって何度も書いてある」

アルマが取り戻したかったのは、果たしてなんなのか。魔女の尊厳、もしくは生活環境か。あるいは親しかった孫オルガの正当性を訴えたかったのか。

孫オルガはさておき、手記を読む限りアルマは極悪人という印象からはほど遠い。友だちのこと、親のこと、若い女性らしい悩み。そういうごく普通の日記がほとんどで、たまに出てくる「オルガ」の名前に違和感を覚えるほどだ。

アルマには夢があった。

エンヘートを活気のある村にし、子どもたちの学校を作ること。

アルマが生家に戻ろうとしていたのは密かに魔術を行うためではなく、故郷を少しでもよくしたいと考え、行動しようとしていたからだ。

「……なんで、最悪の結末を迎えなきゃいけなくなったんだろうな」

結局、夢は叶わずじまいだった。

顔も知らないアルマを思うと、胸が痛む。

「わかりません。アルマは事件に関しては徹底して黙秘を貫きましたから」

すべて抱えてあの世に行ったわけだ。ことを起こす前から誰も巻き込まないと決めていたのかもしれない。

「大オルガに孫オルガ、アルマ。二百年の間に三度も魔女による反乱が起こってるってことだよな。俺が嫌われるのはしょうがない……いや、実際はぜんぜん関係ないけどよ」

大オルガと孫オルガのときはそれなりに被害が出たようだが、手記を見る限りアルマにそこまでの意志があったとは思えない。手記にも国に対する不満などは一文も書かれていなかった。

「よし、飯にするか」

気分を変えるために、勢いよく立ち上がる。

「エリクは引き続き書物に目を通していてくれ」

書斎をあとにするとまずは裏にある納屋へ行き、薪《まき》を運び入れる。その後テーブルの上に置いたままの食料を棚に移動し、使うものをチョイスした。

かまどを使用するのは初めてでも、BBQ好きだった親父のおかげで薪は扱い慣れているので、朝飯前だ。魚の干物を焼き、ゆで卵を作るとミモザサラダにする。味つけは塩とそのへんにあったスパイス。あとはソーセージっぽいものを入れたスープを添えれば、それなりの夕食になる。

白米が欲しいところだが、贅沢《ぜいたく》は言ってられない。パンがあるだけありがたかった。

「エリク、飯」

声をかけてすぐ、エリクが書斎から出てくる。

「ひとは見かけではわかりませんね。料理ができるとは知りませんでした」

「この程度料理ってほどじゃねえけど、母子家庭で母親が働いていたし、ガキの頃から台所には立ってたからな」

「お母さんと二人三脚で生きてきたんですね」

しみじみと口にしたエリクに、そんなんじゃねえよと返す。

「お互いやむにやまれずだ。そっちは？」

「料理ですか？　家には料理人がいるので一度もありません。おそらく父も母もないと思います」

「ボンボンめ」

向かい合って座り、フォークを手にする。目を閉じたエリクが祈りを捧《ささ》げる間、食べずに待ってからまずはサラダを頬張った。

エリクはスープに口をつける。

「おいしいです」

「そりゃよかった」

そういえば、誰かと食卓を囲むのは久々だと気づく。解散する前は、部屋住みの若い奴らを引き連れて食事に行ったり、たまには手料理を振る舞ったりもした。

うっかり感傷に浸りかけたけれど、

「父母に迷惑をかけているのに、私は安穏と食事を愉しんでいます。親不孝ですね」

エリクに先を越されたおかげでそうならずにすんだ。

「お？　親不孝自慢するか？　言っとくけど、俺には敵わないぞ」

伏せていた目を上げたエリクが、こちらを見て肩をすくめた。

「あなたと話していると、落ち込むのがばからしくなってきます」

「だろ？」

食事中は他愛のない話に終始する。短い時間で切り上げると、ふたたび書斎でそれぞれの役目を果たした。

エリクは書物を、俺は手記を。

夜更けまで続け、睡魔に抗《あらが》えなくなったところで先に寝室に移動した。ベッドに横になるや否や、俺は深い眠りについた。

第三章　魔女の真意

にゃあ、とどこかで猫の鳴き声がしたような気がして、周囲を見回す。猫はいない。にもかかわらず、鳴き声は続いている。

水中を浮遊しているような、雲の上でも歩いているような不思議な感覚のなかで耳をすましていたが、次に聞こえてきたのは聞き憶えのない女の声だった。

とはいえ、なにを言っているのかはわからない。外国語というより念仏に近いような気がする。

「……呪言か」

ぼそりと呟き、状況を把握するためにさらに目を凝らす。どうやら地下なのか陽の光はなく、天井からぶらさがったランプもいまは消されている。ゆらゆらと揺れているのは、中央に描かれた円——魔法陣に添って等間隔で床に置かれた蠟燭《ろうそく》の火だ。

魔法陣の中には、びっしりと書かれた文字。判読不明でも、室内に響く呪言とともにそれが不穏なものであるのはわかった。

膝立ちの女が魔法陣の中心にいる。呪言は彼女の口から発せられるものだ。呪言に呼応するかのごとく湧き上がってくる昏く澱んだ空気に、彼女自身息苦しそうにも見える。

「………」

魔女、アルマ。

一心不乱に呪言を唱えているのはアルマだ。その顔にもなにかの文言が記され、顔立ちは不明瞭であっても確信があった。

アルマはこちらに気づかない。なぜなら俺が見ているこれは、いま現在ではないからだ。

アルマはすでに死んでしまったので、この場所に残された当人の思念に引きずられたのか、俺は空中に浮かんでいるとしか思えない光景を目にしている。

アルマの呪言に熱がこもる。それにつれて顔の文字は螺旋《らせん》を描くように少しずつ動き、増えていき、アルマの周囲には黒い靄《もや》がかかり始めた。

靄は生き物のごとく動き、アルマの周囲をうねる。やがて顔が文字で埋め尽くされ、真っ黒になったとき、唐突にアルマがかっと両目を見開いた。

目が合ったような気がして息を呑んだ。

と同時に、靄は霧散し、アルマの姿が掻き消える。アルマだけではない、蠟燭も魔法陣もすべてが視界から消え去っていた。

直後、場面が一変する。どこであるかはわからない。ベッドに小さなテーブルがあり、見たところ簡素なモーテルのような雰囲気だ。

密会か、などと思うそばから、浮かない様子のアルマが顔を上げた。

誰かが部屋に入ってくる。黒いローブを身につけたそいつの目鼻立ちは、はっきりしない。にもかかわらず、ざわざわと悪寒に似た感覚に襲われた。

いったい誰だ？

なんとか確認しようとしても、磨《す》りガラスを隔てているかのごとく曖昧だ。苛々しつつふたりを観察する。

なにか話をしているようだが、内容まではわからないため、苛立ちは募っていくばかりだった。ただ、アルマの様子から、けっして愉しい話ではないというのは伝わってくる。

アルマが相手に詰め寄った。

相手はそっけなくアルマをあしらう。ふたりの間には明らかな上下関係、もしくは弱みでも握られているのではと疑うほど明確な立場の差が感じられた。

「くそっ、てめえ、誰だよ」

そいつが踵《きびす》を返した、その瞬間、ふたたび場面が変わった。

見憶えのある天井の木目。寝室の天井だ。場面が変わったわけではなく、目が覚めたらしい。

いいところで……。

びっしょりとかいた汗が不快で、顔をしかめつつ身を起こすと、大きく深呼吸をした。

「……ったく、なんだっていうんだ」

現実ではないとわかっていても、寝る前、ベッドでもずっと手記を読みふけっていたせいかやけにリアルな夢に鼓動が速くなっている。顔を真っ黒にしたアルマの双眸が脳裏にはっきり焼きついていた。

窓から射し込む月明かりに浮かび上がった、読みかけの手記を手に取る。

と、手記の間からするりとなにかが滑り落ちてきた。

「……なんだ?」

昼間は気づかなかったが——手紙だ。つかの間迷ったものの、躊躇いつつも中を確認する。魔女の言語か、方言か、あるいは暗号になっているのか大半は読むことができなかった。

一点、祖母への手紙らしいというのはわかった。手記に挟んであったのだから、投《とう》函《かん》しなかった、もしくはできなかったのだろう。

しばらくにらめっこしていたが、やはり詳細を読み取ることはできず、あきらめて二度寝をし、期待した夢の続きは見ないまま朝を迎えた。

あくびをしつつ寝室を出るとすでにエリクは起きていて、台所のかまどの前で仁王立ちしていた。

「なにやってんだよ」

「おはようございます。いえ……自分もなにか作れないかと思って、頭のなかでシミュレーションしていました」

少し気恥ずかしそうに見えるエリクに吹き出しそうになりながら、俺はテーブルの上に手記と手紙を置いた。

「朝飯は俺が作るから、エリクにはそっちの手紙を見てほしい。百五十九ページに挟まってた」

「手紙ですか。わかりました」

「革手袋してな」

燻製肉と卵でベーコンエッグを作り、軽く炙《あぶ》ったパンの間に挟む。野菜サラダを添え、コーヒーもどきを淹《い》れれば立派な朝食のできあがりだ。

テーブルに運んだとき、エリクは手紙を熟視していた。

「俺には読めなかった。ていうか、手袋は平気か？」

「え……あ、そういえば平気ですね」

手袋を確認したエリクが、いきなりそれを外した。そして、素手で手紙に触れる。

「おい」

また指先を焦がすつもりか、と慌てて止めたが、予想に反してなにも起こらなかった。

次に手記にも手を伸ばす。こちらは近づけただけで昨日同様、バチッと小さな火花が散った。

「どうなってんだ？」

「わかりません。ちがいがあるとすれば、あなたが私に手紙を読む許可を出したことくらいです」

「まさかそんなことで」

エリクが頷く。冗談を言うような人間ではないと知っているので、半信半疑でその言葉を口にした。

「その手記も読んでくれ」

「わかりました」

同じやりとりをして、ふたたび手記に触れる。今度は普通に触ることができ、エリクと目を合わせた。

「どうやら正解だったみたいです」

「らしいな」

そういうからくりだったか。

「って、いやいや、そんな単純な話か？」

「まったく意外ではありません。それに、猫の疑問も解けたような気がします」

「猫の疑問って、巡察隊に止められたときの？」

「ええ。私には自分が別世界から来た人間だと最初に言ったことで、暗示が効かなかったのではないでしょうか」

「あー……」

だとすれば、大前提を認めるしかない。

「だったら、やっぱり俺は器だってわけか」

「ですね」

簡単に言ってくれる、と思いつつもその名を口にした。

「アルマの」

「聖獣の」

だが、ここで互いの認識に食い違いがあると判明する。

「聖獣でしょう」

どうあっても獣扱いする気か。

「俺は猫じゃねえ。おまえも魔女の器だって最初に言ってただろ」

「最初は。でも、黒猫と会ったという話を聞いてからは考えをあらためました。それに、ただの猫じゃなくて聖獣です。ほら、この手記にもこう記されてますよ。『あなたは単なる聖獣じゃない。私の半身、リル』」

エリクが手記を指差し、音読する。

「どうやらリルには、蝶の形をした文様があったようですね」

「蝶……？」

はたと視線を自身の右腕に流す。確かに蝶の文様が増えているが――。

「アルマの半身だから、許可を与えられるんですね」

リル、とまたエリクが口にする。

「にゃあ」

どういうわけか無意識のうちに声を発していて、慌てて口を手で押さえた。

「い……いや、いまのは洒落で」

はは、と笑ってごまかそうとしたけれど、誰より戸惑っているのは俺だ。なにしろエリクがその一文を読み上げた途端、どうしようもなく胸の奥がざわついた。

「もうその話はいい」

「いたって本気ですよ」

「だろうとも」

だから問題なんだ、と心中で吐き捨て、舌打ちをする。

「魔女にとって、聖獣を持てることは栄誉だと聞きます」

「だったらおまえが受け取ってくれ。俺のにゃんこ」

「謹んで辞退します」

なんて阿呆《あほ》っぽい会話だ。とはいえ、ナーバスになったところでなんの解決にもならないというのも事実だった。

「まあでも、俺に夢を見せたのはアルマの猫かもな」

「夢？」

「ああ」

今朝方の夢を話して聞かせる。細部まで憶えているのは、それだけリアルに感じたからだった。

単なる夢で片づける気にはなれない。あの夢にはなんらかの意味があるはずだ。

「それより、男だよ。あいつが黒幕なんじゃないか。ムカつくほどえらそうだったし」

単にアルマは利用されただけなのではないか。

エリクもそう思ったのだろう、真顔で顎を引く。

「となると、やっぱり王の弟か？」

「その可能性は大いにあります。ただ特定できない以上、決めつけるのは早計でしょう。背格好は？」

「背格好、か」

これに関しては、普通と言うしかない。そもそもローブを纏《まと》っていたせいで、小太りなのか痩せ型なのかすら定かではなかった。

「はっきりしない」

「そうですか。アルマのほうは？　儀式をしていたんですよね」

「あー……なんか厭な感じだったんだよな。わけのわかんねえ文字がアルマの顔を這ってたし、もやもやしてたし、両目なんか真っ黒だったし？　あと、なんか悲しい？　切ない？　そんな感じ。俺らは冤罪じゃないかって疑って調べてるけど、仮に俺のなかにリルがいるのが本当だとすれば、どういう意図があると思う？　ご主人様がいかがわしい儀式をしていたんなら、従順な聖獣的にはむしろ隠そうとするんじゃないか？」

「なにか気づいてほしいことがあるとか」

「なにかってなんだよ」

「わかりません。私が見た夢ではないので」

そりゃそうだ。

顎に手をやり、今一度夢を思い出してみる。最初から再現していっても、ひたすら不穏なムードの儀式だったという以外、なにもわからなかった。

「駄目だ」

いったんそれについて考えるのをやめ、手紙を拾い上げた。

「こっちを解読するほうが早いかもな。って言っても、どうすりゃいいのか」

お手上げだ。糸口すら見つからない。

「焦ってもしょうがありません。できることからやりましょう」

それしかないというのが現実だ。

「だな」

朝食の傍ら、俺は脳内で疑問点を挙げていった。
一、アルマは恨みによって大罪を犯したのか。
二、犯したとするなら、本人は最後まで口を割らなかったというが共犯者はいるのか（ひとりで王の命を狙うとは考えにくい）。

三、俺が召喚された理由は？

四、夢のなかのアルマの儀式はなんだったのか。

そして、次がもっとも重要だ。

五、もとの世界へ戻る方法はあるのか。

「似合いませんよ」

ふいにエリクにそう言われ、いつの間にかテーブルに落としていた視線を前へ向ける。

「なにが？」

「難しい顔が。あなたには似合いません」

こっちの気も知らないで。

難しい顔にもなる。五番目はかなり深刻だ。

「へえへえ、そうっすか」

「そうですよ。あなたは、どんなときも楽観的で前向きでなければ」

どうやらエリクなりに励ましてくれているらしい。

「俺のことをわかってるじゃねえか」

「わかりやすくて助かります」

エリクらしい憎まれ口に、また「へえへえ」と返す。内心で、俺もそっちのことがわかってきたよ、と思いながら。

どこまでもまっすぐな男。お堅いのが玉に瑕だ。

飯食ったらまた書斎にこもるぞ、とエリクにもちかけたそのとき、玄関の扉が開いてユハンが入ってきた。

「チョコ、まだある?」

開口一番そう言い、次には馬のエサを要求する。いつもの仲間、イルマともうひとりの男児ヒューゴも一緒だ。

グスタフを家に入れたのは初日だけで、馬肉にされる危険がないとわかってからは表に繋いでいる。ユハンたちの過剰なスキンシップを広い心で受け流す様は、さすがと言うしかない。

「なに勝手に入ってきてるんだ。糞ガキども」

悪びれもせず三人は「おはよう」と元気のいい声を出す。タメロなのはこの際目を瞑るとして、その後はまた「チョコある?」「グスタフのエサは?」ときた。

「他人の家に入るときは、まずなんて言うんだよ」

三人とも本気でわからないようで、不思議そうに顔を見合わせる。おそらく村人たちみなが家族という考えで、子どもたちにとっては自分の家も他人の家も同じなのだろうが、それが通用するのは村のなかだけだ。

「ったく、突然来やがって」

ガサ入れか、と内心で突っ込み、背後にいるエリクを指差した。

「いいか。あのお兄ちゃんがおまえらに礼儀を教えてくれる。よく学べよ」

「え」

あからさまに動揺を見せるエリクには気づかないふりをする。弱点を克服するにはいい機会だ。

「俺は書斎にいるから、そっちは任せた」

エリクがあたふたする様を想像して頬がにやけそうになるのを堪え、書斎へ足を向ける。俺は俺でやるべきことがあった。

昨日同様手記を手にして床に直接あぐらをかくと、ページを捲る。しばらく読み進めていき、

「あれ？」

一点に目を留めた。

「レイア……どこかで聞いた名前だ」

どこだったか。思い出せない。

書斎を出て主室に戻ると、エリクが子どもたちにお茶とチョコクッキーを振る舞っているところだった。

普段は賑やかな子どもたちも、堅苦しいサーブを受けて少なからず緊張している様子だ。背筋を伸ばして、ちゃんと手順を踏んでいる姿が笑える。なによりエリクが必死の形相をしているのが面白かった。

「ホーライ」

助けてくれと言わんばかりの視線を投げかけられたが、手伝いのために顔を出したわけではない。手記を掲げてみせる。

「いや、レイアって名前が出てきたんだけどさ、聞いたことあるような気がして」

即答したのは子どもたちだった。

「聖女レイア！」

「あ」

思い出した。カールから聞いたのだ。

——そのままだよ。代々この国の繁栄には神に祝福された聖女が関わってきた。現アドルフ王には聖女レイア。

こんな辺境の村の子どもでも知っているほど、聖女レイアは有名らしい。

「しかし、なぜアルマの手記にレイアの名前が出てくるのでしょう」

わからないのはそこだ。

「見せてください」

「ああ、ここだ。読んでくれ」

許可を与えたあと、エリクに手記を渡す。黙読したエリクは、首を傾げた。

「アルマはレイアを嫌っている。『なにが聖女だ』『騙されているだけなのに』『田舎魔女が勘違いして』ふたりは知り合いだよな」

「そのようです」

「こうなると、国家権力への不満というより、レイアへの対抗心って線もあるな。あの女が聖女になるなんて許せない、私のほうがふさわしいのにって。だとしたら、やっぱりアルマはろくでもねえ魔女なんじゃ——」

半笑いで続けた、直後だ。みぞおちに痛みを感じて顔をしかめた。

「い……いてててて」

急激な腹痛に両手で腹を押さえると、エリクが椅子を引いて座るよう促してくる。

「どうしたんでしょう。朝食に合わなかったものがあったんでしょうか」

「いや……ない、はず」

痛え。脂汗が出るほどの痛みに呻く。座っても痛みはいっこうに去らず、テーブル

に突っ伏して我慢すること数分、

「まさか……アルマの悪口を言ったせいじゃないでしょうか」

エリクが突飛な一言を発した。

「冗談は、やめてくれ」

「でも、あなた、リルなので」

リルが怒って腹で暴れているとでも言うつもりか。

「リル、ホーライに悪気はありません」

いったい誰に呼びかけているんだよ。

ばかばかしい。と普段であれば一蹴するところだが、痛みには逆らえなかった。

「アルマ、サイコー……」

半ば自棄だったにもかかわらず、効果はてきめんだった。痛みは瞬時に去り、エリクの言葉の正しさを証明した。

「もう疑いの余地はないですね」

「………」

なにかの間違いであればどんなにいいか。しかし、こうまではっきり身体に出ては、疑いの余地はない。いまの自分はアルマの飼い猫、どころか完全にその飼い猫に手綱を握られてしまっている。

「今度俺をリルって呼んだら、ぶっ飛ばす」

エリクから手記を取り戻し、きょとんとしている子どもたちを残して、腹をさすりながら書斎に引っ込んだ。

以降、レイアの名前は出てこなかった。該当ページだけだった。

「アルマがレイアと知り合いで、嫌っているのはわかったとして」

やはり手紙の内容を知る必要がある。

もっとも小さな手がかりすらない現状、難しいと言わざるを得なかった。

一瞬、アデル婆や村人に見てもらおうかと思ったけれど、さすがに他人の手紙を勝手に公開するのは気が引ける。

となると、鍵はアルマの祖母だ。なんとしてもアルマの祖母に会いたい。

「なあ、エリク」

主室は無人だった。エリクは子どもたちを送っていったのかもしれない。

散歩がてら、俺もふらりと外へ出た。

ユハンたちは、なにやら童謡らしき歌に合わせて地面に描いた円に石を蹴り入れて遊んでいた。

「エリクを見なかったか？」

三人はかぶりを振る。

「なんかようじがあるみたいだった」

ユハンの返答に、首を捻《ひね》る。用事があるのなら、今朝、俺に言ってくれてもいいはずだ。

「なあ、ホーライ。あそんでよ～」

「いしけりしよう。あのわっかのなかにいれたほうがかち」

勝手にルールを説明し始めた子どもらに、

「あとでな」

手を上げてその場を離れる。エリクの所在が気になった。

そのまま狭い路地を進んでいくと、石橋の向こうあたりでエリクの後ろ姿を見つけた。

「エ……」

エリクの名前を呼ぼうとして、声を呑み込む。明らかに人目を忍んでいる様子だったのと、マヤが一緒だったからだ。かといって、逢《あ》い引《び》きという雰囲気ではない。

マヤが来るのは来月じゃなかったのかよ。

怪訝に思いつつ息を殺して近づき、地獄耳と言われていた、すこぶるいい聴力で樹木の陰からふたりの会話を盗み聞きした。

「気丈なお母様ね。あなたが元気だと知って、とても喜んでおられたわ。いまのところ拘束はされていないけど、毎日何時間も取り調べられているみたい。でも、自分のことは心配しないでほしいって伝言を頼まれた。お父様は――」

「いえ、そちらはよくわかっています。父は、カミーロ家の面汚しと私に憤慨しているでしょう」

先日物資を運んでもらった際に、様子を見てきてほしいとマヤに頼んだのだろう。エリクが親を案じるのは当然だ。

「信念のある方だものねえ。誰かさんと同じで」

ふふ、とマヤは笑ったが、エリクの肩には力が入ったままだ。

「助かりました」

「お安いご用よ。調達屋マヤは、頼まれたものはなんでも調達する。それが鉄則」

相変わらずイカしたマヤの一言を最後に、その場からそっと離れる。表でグスタフにエサをやりつつエリクの帰りを待った。

いくらもせずにエリクが戻ってくる。

「どこに行ってたんだ？」

そ知らぬ顔の問いに、エリクは不似合いな作り笑いを浮かべてみせた。

「――ユハンたちを送っていったついでに、ぶらぶらしてました」

とってつけたような嘘だ。ごまかしたいならもっとマシな言い方をしろよ。グスタフの背を撫で、苦笑する。

「おまえ、もういいわ」

「いいとは？」

エリクが近づくと、グスタフは嬉しそうに鼻先を擦《こす》りつける。忠犬ならぬ、忠馬だ。

本来であれば、広い馬場を駆け回りたいだろうに。

「だから、もう俺ひとりで十分だって言ってるんだよ」

エリクが目を見開く。驚くのも無理はない。

だが、もっと早くこうすべきだったのだ。

「なんの話かと思えば。言ったでしょう。後悔のないようにしたいんです」

「だから、そういうのがうざいんだって」

わざとため息をついてみせた。

「おまえの後悔とか知らねえし。俺は、とっとともとの世界に戻りたいんだよ。考えたんだけど、こんなところで潜伏してるより、さくっとアルマの祖母《ばあ》さんのところに行って、助言もらったほうがよっぽど建設的だろ？　この先は、ひとりのほうが身軽だ」

アルマの祖母を訪ねる必要があり、エリクに相談しようと思っていたのは事実だ。

その直前に、マヤとの会話を聞いてしまった。

直前でよかった。

「簡単に言いますが、手紙に書かれた住所はかなり遠いです」

「だったら、いくらかまとまった金を貸してくれ。車——はないだろうから、馬車か？　マヤに頼んでくれよ」

「……そうですか」

エリクが納得していないことは硬い表情から察せられる。それでも、こうするのが一番だ。無自覚なまま、俺はエリクに頼りすぎていた。

「わかりました。私も一緒に行きます」

なのに、こっちの気も知らず、まだそんな返答をする。

「だから、もういいって言ってんだろ。さっさと帰って、自分の職務を果たせよ」

エリクが答える前に、畳みかける。

「まあ、戻ったらいろいろ尋問されるだろうけど、俺に脅されていたって言えばいいし。おまえなら信じてもらえるんじゃねえの。とにかくだ。もうバディごっこは終わり。ヤサも食料もあって、とりあえずあとは馬車さえ調達してくれたら、もうおまえに用はない」

ひとりのほうが清々する、と駄目押しでつけ加える。

「…………」

　エリクはこちらを見据えたまま黙り込んだ。

　きっと失望しているだろう。恩知らずのひとでなしと腹を立てているはずだ。

　それでいい。もともと自分はエリクのような男とは合わなかった。

「あなたの言い分は理解しました」

　怒鳴ればいいのに、こういうときでもエリクはエリクだ。自制心があり、確固たる信念を持ち、それを貫く強さを兼ね備えている。

「わかったら、できるだけ早く出てってくれ」

　反して、俺はエリクほど人間ができていない。その場のノリで生きてきて、自制心や信念なんて欠片《かけら》も持ち合わせていないうえ、恩人に手のひらを返すような真似も平気でできる。

「早とちりしないでください。理解はしましたが、戻るとは言ってません」

「は？」

　よもやの返答に、啞然とする。

「以前言ったとおり、別にあなたのためにここにいるわけではないので」

　どれだけ頑固なんだ。

　苛々してきて、覚えず立木を蹴った。

「だからっておまえ、親を泣かせてたら本末転倒だろ」

「親？　どういう意味ですか」

「どういう意味かって、そりゃ」

「マヤとの話を聞いたんですね」

「いや……聞いたっていうか」

「いうか？」

ばつの悪さから、顔をしかめる。偶然とはいえ、意図的に盗み聞きしたのは事実だった。

「ああ、聞いた。聞いたよ。聞いたからなんだ。あんなところで立ち話をしてるほうが悪い」

ふん、と開き直って鼻を鳴らす。いまそこは本筋ではない。問題なのは、エリクの両親だ。

「別に責めているわけじゃないです」

エリクは一度唇を引き結んでから、口を開いた。

「自分の信じる道を進めと、親からは言われて育ちました。もしいま戻れば、私はこの先ずっと後悔し続けるでしょう」

「そのせいで親がどうなってもいいって？」

「いいわけありません。でも、彼らが息子の行き先を知らないことはすぐにわかるでしょうし、なにより私が途中ですごすごと帰ったと知れば、両親はがっかりすると思います」

子が子なら親も親か。エリクの頭の固さは親譲りらしい。

俺はため息をこぼした。

「せっかくバディを解消してやろうとしたのに」

「もともとバディじゃないのでその必要はありません」

「へえへえそうっすか」

可愛くねえな。俺の言うことなんて聞きゃしねえ。

ガシガシと頭をかく。

「ったく、おまえには呆れるよ」

同時に、妙な照れくささを覚える。エリクのまっとうな言葉の数々は胸にすんなり届き、存外自分が弱っていると教えられてしまう。

俺の文句を聞き流したエリクは、アルマの名を口にした。

「アルマの本心を知るには、確かに手紙になにが書いてあるのか知りたいですね。自分がこれからしようとしていることを、祖母に手紙で伝えようとしていたとも考えられますし」

「ああ」

「手紙に書かれた住所に行くには、馬車なら三、四日かかるでしょう。私ひとりで行きます。そのほうが早いので」

いや、俺もと言いかけてやめる。エリクの言うとおり、マヤに連絡をつけるのにも時間がかかるし、ふたりで向かうのは得策ではない。

「けど、道中、ひとりで大丈夫か？」

これには、迷わずエリクが頷いた。

「私に任せてください」

頼もしい言葉だ。エリクであればきっと大丈夫だろう。

俺の返答は決まっていた。

「ああ、おまえに任せるよ」

第四章　中央の奴ら

誰かがわたしを見ている。

視線を感じて、反射的にそちらに顔を向けた。そこには誰もいない。勘違いだったらしい。当たり前だ。知る者のいないこの地下に、いったい誰がいるというのだ。

「……また失敗した」

これでもう三回目。

今度こそと強い思いで魔術を施した。気を散らすなんて――自分自身に対する苛立ちから、血が滲むほど唇を嚙む。

悠長にしている暇はないというのに、こんなにもわたしは未熟だ。

教えられたやり方ではなにかが足りない。あと一歩なのに……もっとわたしに力があれば、こんなふうにはなっていなかったかもしれない。

ため息を押し殺して立ち上がり、陣から外へ出る。と同時に、蛇がまとわりつくように肌を這っていた文字も消え去り、熱と不快感だけが残った。

「なにが悪いんだろう。なにかが間違っているってことよね」

一本だけ残して蠟燭の火を消したあと、板を渡しただけの階段を上がり、重い木の扉を押し上げる。自然光の眩《まぶ》しさに目を眇《すが》めつつ外へ出ると、扉をもとに戻してその上に絨毯《じゅうたん》を敷き、物入れ代わりの四角い旅行鞄《かばん》を上にのせた。

書架からいくつかの書物を取り出し、デスクに積む。

じっとりと額に浮いた汗と熱を水で洗い流したかったけれど、いまはそれより失敗の原因を探すほうを優先したかった。

そういえばまだ朝ご飯も食べていない。もうとっくに昼を過ぎている。

わずかな空腹感を覚えながら、書物を開く。

魔術のやり方が書いてあるわけではない。膨大な文字のなかから自分の目で選び取り、組み立てていくのだ。

力不足なら、知識でどうにかするしかない。

「……っ」

ページを捲る手に痛みが走り、顔をしかめる。

秘術中の秘術であるため、どうしても身が削られる。次こそ成功させなければ、身体のほうが先に音《ね》を上げるだろう。

でも……不安が頭をもたげる。

わたしにできる？　あのひとは、自分にできたのだからわたしにもできるはずと言ったけど、本当に？　もし特別じゃなかったら？

肩で息をしながら書物に向かっていたが、目眩を感じて渋々顔を上げた。なにかお腹《なか》に入れないと。後ろ向きな考えばかりが浮かぶのは、朝からなにも食べていないせいだ。

椅子から腰を上げ、書斎を出てふらふらと台所へ足を向ける。パンを半分と昨日の夕食の残りの野菜スープを冷たいまま口にしていたとき、玄関のノックの音に気づいた。

おそらく近所の誰かだろう。

スプーンを置いてドアへ歩み寄る。

「捗《はかど》ってるかい？」

アデルだ。

先日、男手が必要だろうと声をかけてくれたのは親切心からだとわかっていたけれど、わたしには断る以外の選択肢はなかった。

家の改装なんて、いまは二の次だ。目的は他にある。この村は身をひそめるには格好の場所だし、なにより魔力を宿した空気と水は自分のなかの力を最大限まで引き上げてくれる。

「急がないので、愉しみながら少しずつ進めてます」

早く書斎に戻りたい気持ちを隠し、先日と同じ返答をする。

「そうかい」

アデルが何度か顎を引いた。

「うちで穫《と》れた野菜だ。食べとくれ」

「あ……すみません。この前もいただいたのに」

食べていた野菜スープに使った食材は、アデルにもらったものだ。

「いいよ。みんなあんたを歓迎してるんだ」

「ありがとうございます」

笑みで応える傍ら、やましい気持ちがこみ上げてくる。

「困ったことがあったら、いつでも言っておくれ」

気遣いの言葉を投げかけられても、わたしの魔術のどこが間違っているのか、長く生きているあなたたならなにか知ってるんじゃないか、などと真っ先に思ってしまうのだから。

「はい。そのときはお願いします」

アデルの唇が物言いたげに薄く開いた。が、結局、頷いただけで帰っていった。

ドアを閉め、息をつく。食事の続きをする気になれず、わたしは飲み物だけ手にして書斎のデスクに戻った。

＊　＊　＊

広い窓からさわやかな陽光が射し込んでいるにもかかわらず、執務室には重苦しい空気が漂っている。

デスク越しにエウシェン宰相と対面しているのは、親衛隊を指揮するオドネル大隊長だ。

「それで、小隊長は見つかったんですか」

宰相の問いに、大隊長は一度唇に歯を立ててから重い口を開いた。

「いえ……いま隊をあげて捜索中です」

背後で握りしめたこぶしは震えている。

それも当然で、今回の件は王都警備隊にとっても前代未聞、単なる部下の不始末では片づけられない。上官としての責任を問われるのは間違いなかった。

王都警備隊の総長を志すのであれば、なおのことだ。

「捜索中――今日は別の報告が聞けると思っていたので残念です」

別の報告をしたかったのは、大隊長も同じだろう。いくら沈着冷静と評される大隊長であっても、過去の経緯を考えれば大罪を犯した魔女に対して平静ではいられないはずだ。

その証拠に、ぎりっと大隊長は歯噛みをした。

無論、大隊長にしてもすべての魔女を忌み嫌っているわけではない。大半の人々がそうであるように、なにも起こさず、慎《つつ》ましく一生を終える者がほとんどだろう。

しかし、この国における過去の大事は魔女が起こしたものだという事実を顧みれば、警戒すべき対象であるのは間違いない。

魔女は、その魔力をいとも簡単に悪用できる。その点で、やはり自分たちとはちがうのだ、と大隊長は何度か部下にも釘を刺していた。

「一両日中には必ず朗報をお届けします」

それでも、苛立ちを表情に出さないところはさすがと言える。

「だといいのですが」

一方で、この件に関して宰相は常に冷静だ。健勝であった頃から王の信頼が厚く、現在は医師以外で面会できる唯一の側近となれば、厄介事を早急に取り除きたいのは当然だろうが、取り乱すどころか、声を荒らげて配下を叱責することもない。

大隊長にとっては、それもプレッシャーになっているにちがいなかった。

自身の腑甲斐《ふがい》なさを痛感しているのか、大隊長が目を伏せる。直後だ。普段は静かな執務室に、ドアの向こうの騒ぎが聞こえてきた。

「何事だ」

　大隊長が眉をひそめる。

「無礼は承知しています。ですが、どうしてもいますぐ大隊長にお知らせしたいことが……っ。どうか取り次いでください！」

　どうやら騒ぎのもとは親衛隊の部下のようだ。宰相のお付きと揉めているらしいが、通常であれば、一介の隊員が近づける場所ではない。

「急用のようですよ」

　宰相に気分を害した様子がないのは幸いだろう。

「失礼します」

　一瞬の逡巡の後、宰相に目礼した大隊長は踵を返し、つかつかとドアに歩み寄るとそのまま退室し、宰相の耳に入るように怒鳴りつけた。

「突然宰相を訪ねるなど、どういうつもりだ。場合によっては、処分の対象だぞ」

「申し訳ありません！　親衛隊第二部隊のヤンです。早急にオドネル大隊長にご報告したいことがあります！」

　大隊長が声を張ったのはそこまでだった。

「ヤン。報告しろ」

その後はトーンを落とし、期待を込めて部下を促した。

「はい。例の女の素性が判明しました」

「カミーロ小隊長の母上に接触した女か」

「はい。あの女は調達屋と呼ばれているようです。追尾の者が、女がトゥーヤの町に立ち寄ったのを確認しています」

「そのあとは？　まさか見失ったのか」

かっと両目を剝いた大隊長に、背筋を伸ばしたヤンはいっそう声をひそめた。

「ですが、目撃情報からおそらく行き先はエンヘート村だろうと」

「エンヘート……忘れ去られた村」

大隊長はそこがアルマゆかりの村であることを把握しているのかもしれない。眉間に深い縦皺を刻んだ。

「すぐに後続隊を送る手配をしろ」

「はい！」

敬礼したヤンが、足早に立ち去る。

一度肩で息をした大隊長は、ふたたび執務室のドアをノックした。

「その表情。朗報だったのですね」

宰相の言葉に、力強く首肯する。

「たったいま、カミーロ小隊長の潜伏先と思われる場所が判明しました」

ヤンは「おそらく」と慎重な物言いをしたにもかかわらず、大隊長は明言する。それだけ確信があるようだ。

「それはよかった」

宰相の優しい面差しが綻んだ。官僚や民を魅了しているほほ笑みは、こういう状況であっても場の空気を和ませ、癒やしをもたらしている。

「くれぐれも極端な行動には出ないよう部下に申しつけてください。当人の言い分を聞かずして、今回の件の解決はありませんから」

「承知しています」

もとより部下に任せる気はないのだろう。絶対に取り逃がさないという強い意志が、大隊長の双眸には宿っている。

宰相への敬意を深い目礼で示したあと、すぐに暇を申し出て退室した大隊長は、足早に廊下を歩きながら唇を引き結んだ。

「カミーロ小隊長……エリク。なぜ裏切った」

ぎりっ、と歯嚙みの音が小さく鳴る。自身の隊から指名手配犯が出た事実もさることながら、カミーロ小隊長には特別目をかけていたからこそ、今回の裏切りに憤っているのだ。

端整な面差しに浮かんだ焦燥からも、それは明らかだった。

＊　＊　＊

アルマの祖母に会いに行くという目的ができたことで、一応一歩前進した。

エリクが出発の準備をする間、俺のほうは片っ端から書物や手記に目を通すことを続けたが――アルマの件ももとの世界に戻る方法にしてもなんら進展はなかった。

焦るなと自分に言い聞かせても、もどかしさは増す一方だ。

乱暴に扉の開く音がしたのは、ガシガシと頭を掻いたときだった。

急いで書斎から出てみると、そこにはいまにも泣きそうな顔でユハンが立っていた。

「ばあちゃんが……」

そう言うと同時に、堪えていた涙をぽろりとこぼす。

「アデル婆になにかあったのか？」

「ばあちゃんが……ちゅ……おのっ」

泣きながらなので要領を得ないが、アデル婆の身になにかが起こったことは察せられた。

「エリク、ユハンを頼む」

一言声をかけ、外へと飛び出す。

村人はみな外に出ており、騒ぎになっていた。やはりただ事ではない。

「なにがあったんだ？」

慌てふためく村人のひとりに問うたところ、

「中央の奴らだ！」

彼は一言そう叫ぶと、村の入り口に向かって走っていった。

「中央の奴ら……？」

すぐに追う。みなが集まっていたのは、村の入り口でもある石橋だ。まるでバリケードのような人垣ができていた理由はすぐにわかった。

軽装鎧《よろい》を身につけた者たちが十人程度いる。王都警備隊であるのは間違いない。

予想だにしていなかった事態にどっと汗が噴き出す。まずい。なんで見つかったんだ？　人だかりにまぎれつつ、そっと後退《あとずさ》りした。

「この男たちを引き渡せば、我々はすぐに引き上げる。知っている者は申し出てほしい。隠し立てするとためにならんぞ」

リーダーだろう男が馬上から掲げたチラシに描かれているのは、自分とエリクの顔だ。

乗り込んできたからには、おそらく先方はここにアルマの家があると知っているのだろう。であれば、真っ先にそこを調べるはずだ。ぐずぐずしているとすぐに見つかってしまう。ことは一刻一秒を争う。

「エリクに知らせて、それから……」

いや——踵を返した足をそこで止めた。

うまくここから脱出できたとしても、周囲は荒涼とした砂の大地だ。見晴らしのいいこの場所では、瞬く間に奴らに気づかれてしまう。しかもこちらは馬にふたり乗り。振り切れるはずがない。

それに、村人。仮に運よく逃げ切れたとしても、村人はどうなる？　知らなかったですませられるかどうか、思案するまでもなかった。

けど……またあの独房に戻るのか。

「………」

迷ったのは一瞬で、ふたたび人だかりに向かって歩きだす。俺を見た村人が慌ててこの場を去るよう言ってくるが、わざと鈍いふりをした。

「中央の奴らが、あんたらを捕らえにきた」

小声でそう言ったのは、アデル婆の隣人だ。

「俺たちで時間稼ぎをするから、あんたらは早く逃げてくれ」

お人好《ひとよ》しにもほどがある。しらを切ればすんなり帰ってくれるような相手ではないと承知していながら、短期間ともに過ごしただけの俺たちを気遣い、逃がそうとしてくれる。

ありがたく厚意を受け入れたほうがいいんじゃないか？　その思いを振り払い、

「この場所がなんでバレたんだっ」

ごめんと心中で謝罪しながら、声を荒らげた。

「チクったのは誰だよ！　くそっ！　金で俺らを売ったのか？」

周囲にいる村人は、恩を仇《あだ》で返すような振る舞いをしてもなお庇おうとしてくれる。

そんな彼らに、構わず嚙みついた。

「おまえか？　まさか、あんたじゃないだろうな」

腹をくくれ、慶司。いまは他に方法がない。できることをやれ。

「いたぞ！　ゼロ番だ！」

隊員のひとりが叫んだ。その後の連中の行動は素早かった。村人たちを鎮静させる者と手配者を捕獲する者、二手に分かれて動き始める。

「抗っても無駄だ。観念しろ！」

追いつめられ、数人がかりで地面に押さえつけられるのに時間はかからなかった。

転がされたまま後ろ手に拘束されたとき、騒動を聞きつけて出てきたのだろう、村人のなかにエリクを見つけた。

「ホ……」

驚愕《きょうがく》した表情でこちらに向かってこようとするエリクを、視線で制する。エリクまで捕まってしまえば、針の先でついたほどの希望も潰《つい》える。なんとしてもそれは避けたい。

苦い顔でエリクが回れ右するのが見えた。それでいい。きっとエリクはすぐに出発し、アルマの祖母に会って、なんらかの収穫を得るはずだ。エリクさえ無事なら、きっとなんとかなる。

安堵した俺は、敵へ意識を戻した。

「大隊長！　ゼロ番を捕獲しました」

隊員が叫んですぐ、男が歩み寄ってくる。捕獲隊のリーダーは、エリクから名前だけ耳にしていた大隊長だった。

「カミーロ小隊長はどこにいる」

厳しい口調の問いに、

「カミーロ？　ああ、あいつか。用済みになった時点で切ったよ。いま頃どこかで野垂れ死にしてんじゃねえか」

せせら笑いを放った。

「下手に隠し立てすると、ためにならないぞ」

これにも、知らぬ存ぜぬを貫く。

「なんで隠さなきゃならないんだよ。隠して、なにか俺にメリットあるか？」

「貴様！　大隊長に向かって……っ」

俯《うつぶ》せに押さえつけられている俺の背中を、硬い靴底で部下が踏みつけた。痛みとともに胃液がせり上がってきたが、ぐっと堪え、吼《ほ》えた。

「なにしやがるっ。てめえも俺の術で死ぬか？」

魔女の器と信じられているからこその脅しに、隊員たちが怯むのがわかった。ざまあみろと心中で吐き捨て、相手構わず喚《わめ》き続ける。

「外せよ！　俺は冤罪だって言ってるだろ！　もし俺を処刑したら、てめえらも道連れだからな。呪い殺してやる！　てめえら全員覚悟しろっ」

そして、最後に大隊長をひたと見据えた。

「あんたも」

夢でアルマと会っていたのは、この男か。可能性はある。しかし、現時点ではなにも断定できない。

「連れていけ。二班は村じゅうの捜索をしろ」

冷ややかな目で俺を見下ろしてきた大隊長は部下に命じると、半身を返して離れていく。首輪までつけられては、あとはエリクが無事に抜けだせるよう、アルマの祖母のもとへ辿りつけるよう、祈るしかなかった。

「立て！」

「ぐっ」

強引に引っ張られ、首輪が喉に食い込む。

一度ならず二度までもこんな目に遭わせやがって。絶対こいつら許さねえ。全員並べてぶん殴ってやる！　などと腹のなかで息巻いたところで、窮地なのは間違いない。内心の動揺を押し殺し、のそりと立ち上がって命じられるまま歩きだす。

一方で、ひどい言葉で詰《なじ》ったにもかかわらず村人たちから注がれるまなざしに憂慮を感じとり、どこまでひとがいいんだと苦笑するしかなかった。

荷車にのった檻《おり》に、強引に押し込まれる。馬に囲まれて動き出した檻の中で、徐々に小さくなっていく集落を見つめながら、俺は何度目かの謝罪をした。

──私に任せてください。

ああ、頼んだ。

必ず突破口を切り開いてくれると信じてるさ。なぜかって？　それはおまえが、誰がなんと言おうと、どんなときでも頼りになる俺のバディだからだ。

第五章　絶体絶命、黒幕の正体

捕らえられてから、どれくらいたっただろう。

「『柱ごとに環あり、環ごとに鎖あり』ってか？」

地下房の冷たい石壁に、自身の声がこだまする。

他に音はないため、やけに大きく響いた。

うっかり著名な詩を思い出してしまったのは、ここに来てまた己の甘さを思い知るはめになったせいかもしれない。捕まったとき、またあの独房に戻されるのかと厭になったが、そのほうがまだマシだった。

いまの俺はゼロ番ですらない。存在自体をなきものとされ、岩山にぽっかりと口を開けた深い洞窟の奥、鎖梯子《はしご》で下りた先にあった地下房に閉じ込められている。地下房といっても、鉄扉があるだけの穴だ。

風さえ通らない地下房に空気の動きはなく、澱み、湿り気があり、息苦しさを覚える。

独房はまだよかった。ベッドやトイレがあったし、他の囚人たちの存在がどれほど精神的な支えになっていたかに、こうなって気づかされる。

せめてもの情けなのか、看守が置いていったランプの頼りない明かりのなかに浮かび上がっている頑丈な鉄扉。そこには無数の引っ掻き傷。

厭でも、先住人が鉄扉を掻き毟る姿を想像してしまう。

さっきから視界に入れないようにしているが、なにしろ一角に堆《うずたか》く積まれているのは骨だ。それらは、動物の骨ではないと一目でわかる。

振り払うように首を横に振り、あえて大きな声を発した。

「『我ら三人、それぞれに分けて繋がれ、一歩とて足を踏み込むこともできず』三人いねえけどな」

逃亡犯には絞首刑すら生ぬるいという判断だとしても、こんな地下房でひとり朽ち果てることを考えると、怒りや焦り、それ以上に恐怖心で背筋がぞわっとする。

ランプの油が切れ、闇に包まれたとき、果たして自分は正気でいられるだろうか。

「弱気になるな」

パン、と両手で頬を叩いて自身を鼓舞する。

「つーか、リルの力の発揮どころじゃねえの？　あのとき猫に見せかけて俺を助けてくれたんなら、今回もこんなところに閉じ込められる前に猫にしてくれりゃよかったじゃねえか。それともなにか？　そうしなかったわけでもあるって？」

愚痴っぽくなるのはしようがない。俺を召喚したならきっちり面倒みろよ、とリルには説教のひとつもかましてやりたいくらいだ。

壁に凭《もた》れた姿勢をとるのも厳しくなり、ずるずると身体を倒していくと、ごろりと寝転がる。でこぼこした硬い地面は寝るには最悪だが、飲まず食わずで疲弊し切った身体でできるだけ体力を温存しようとすると、他に方法がなかった。

いや、すでに気力は奪われつつあるのかもしれない。気がつけば鉄扉の引っ掻き傷を見て、最悪な想像ばかりしてしまっている。

ここで人知れず息絶えたのは何人いるのか、みな最後はいっそひと思いにやってくれと願ったのだろうか、悶え苦しんだのか、そんな、ぞっとする想像だ。

「くそっ」

ピンチを切り抜けたときのことを考えようと、半ば無理やり意識を過去へと追いやった。

一番古い記憶は、小学四年生のときだ。友人宅からの帰り道、前方不注意の車にはねられ、所謂「今夜が峠です」という状況になった。もちろん直接医者の言葉を聞いたわけではないが、意識が戻った際の母親の泣き顔はいまも瞼の裏に焼きついている。

次は、繁華街で女に刺されたとき。勝手に誤解されて死にかけたのだから、たまったものではない。

もっともヤバかったのは、組同士の抗争が激化したときだろう。腹に弾を二発食らって、生死の境を彷徨《さまよ》った。三途《さんず》の川《かわ》を渡りかけたものの、奪衣婆《だつえば》ならぬどこかのジジイの説教にうんざりして回れ右をしたおかげで一命を取り留めた。

きっとそれお祖父《じい》ちゃんよ、と母親は言っていたけれど、当然信じなかった。でも、いまとなっては、そういうこともあるかもしれないと思う。現在進行形で自身に起こっていることに比べれば、三途の川で祖父さんに会うことなんて不思議でもなんでもない。

「せめてそこは祖母《ばあ》さんだろ。なんで祖父さんだよ」

重要なのは、どれも乗り切ったという事実だ。

もともと俺は悪運が強いんだ。そう簡単にくたばってたまるか。

寝転がったままでは様にならないが、はは、と笑う。

「…………」

唐突に疑問が頭をもたげた。喉に刺さった小骨みたいに、なにかが引っかかっている、ような感じがした。いったいいなんだ？

「……祖父さん」

ああ、とその理由に気づく。

「なんで俺は、あいつを男だと決めつけたんだっけ」

アルマと会っていた奴は磨りガラス越しのごとく曖昧で、シルエットしかわからなかった。ローブのせいで体型も判然とせず、当然声も聞こえなかった。にもかかわらず俺は男だと認識し、エリクにもそう伝えた。

目を閉じ、夢を思い出す。必ずなにかあるはずだ。

懸命に訴えていたアルマ。そいつは話にならないとばかりの態度でアルマをあしらい、踵を返した。

そのシーンを何度も何度もくり返し再現する。その甲斐あって、「なにか」に気づいた。

「エリク！」

目を開けると同時に、反射的に上体を起こす。もちろんそこにエリクの姿はなく、目に入ったのはランプの明かりに映し出された鉄扉の引っ掻き傷だった。

舌打ちをすると、その場であぐらをかく。

「エリクがいたら、何人かに絞り込めるかもしれないのに」

すぐにでも伝えたかった。俺があいつを男だと思った理由がわかった、と。

靴だ。奴が踵を返したとき、ローブがふわりと舞い、足元があらわになった。革製で、カウンターに文字のような刺繍が施された男物のブーツだった。

「このまま黙ってくたばってたまるか」

もう半月は投獄されているような感覚だが、多めに見積もってもおそらく三日だろう。ひとは五日程度飲まず食わずでいると死に至ると聞いたことがある。

個体差があるとしても、一週間は無理だ。

アルマの祖母のもとへ行ったエリクが無事帰ってきたとして——計算上はぎりぎり間に合う。なんて楽観的には到底なれない。問題なのは、エリクが俺の居場所を知らないことだ。

俺は悪運が強い。今回もこれまでみたいに乗り切れる。

いくら自分を奮い立たせようとしても、徐々に弱っていく身体が否応《いやおう》なしに心を削っていく。

「……年貢の納め時ってか」

ぼそりと本音が漏れた。

すると、目の前のランプの火がわずかばかり明るくなった気がした。いや、気がしたではなく、間違いなくボ、ボ、と炎を揺らめかせた。

というか、ランプってこれほど保つものなのか？

残りの油を確認しようと、膝で這って近づき、ランプを覗いた。

油は——すでに空だった。

なんで？　と首を傾げるまでもない。

「まさかリルか？　おまえ、こんな芸当もできるのか」

でかした！　褒めてやろうと俺が自身の右腕に目をやったのは、特に深い意味があったわけではない。

そこには二頭の蝶。一頭は薄れ、消えかかっていた。

「どういうことだよ」

そもそもなぜ二頭になっていたのか理屈がはっきりしていないので、いまなぜこうなっているかもわからない。

でも、もし、仮に、リルが命を削って己の力を使っているのだとしたら……。

「冗談じゃねえ。こういうの、好きじゃねえんだ。いますぐやめろ。やめねえと怒るぞっ」

自分のなかにいるリルにいくら怒鳴ってもランプは消えない。リルが力を使っているというのが早合点――ならいいが、どう考えても油がないのに火がついたままなのはおかしいし、なにより腕の蝶が俺の正しさを証明している。

ランプの炎が揺れる。かと思うと、少しずつ細くなっていき、ふっと消えた。

「おいっ、大丈夫か！」

同時に闇が落ちる。いっさいの視覚が絶たれた。腕の蝶を確認したくても、自分の腕の輪郭すら見えない。

「リル！」

まさか、と思い、呼びかけるが、当然のことながら返答はない。ただ完全な闇のなか、俺の声が反響するだけだ。

おまえが俺を連れてきた目的はなんだよ。アルマの汚名をすすぎたかったんじゃないのか。悪い奴らに復讐したかったんだろ？　少なくとも俺はそう思っていたのに、ランプなんかで力尽きてたら、意味ねえだろ。

もう一度名前を呼ぼうとしたそのとき、微かに音が聞こえたような気がして口を閉じた。

コツコツコツ。間違いない。コツコツコツ。硬い靴音は、鉄扉の前で止まった。

ややあって、軋みを立てて重い鉄扉が開く。

「…………」

手持ちのランプの明かりに浮かび上がったのは、華美なドレスを身に纏った女だった。歳の頃は三十前後だろうか。白い胸元や指には宝石が輝いている。お付きを連れたおよそ場違いな女の登場に、俺は身構えた。

女はハンカチで口許を覆い、細い眉をひそめた。

「この薄汚い男が魔女の器なの？」

薄汚い男とは直接口を利きたくないらしい。お付きに質問し、肯定が返ると、虫けらでも見るかのような視線を投げかけてくる。

「そんな者が、なぜまだ生きているのかしら」

ストレートな物言いにはいっそ嗤《わら》えてくる。女の態度、表情には、なんでも思いどおりにしてきた人間の傲慢さがあった。

「わざわざ『そんな者』を見物に来るなんざ、いい趣味してんな」

そう返すと、女は不快感をあらわにし、お付きに向かって冷ややかに言い放つ。

「共犯者について白状する気はないのでしょう？　でしたら、この者を生かしておく理由はあるの？」

女がわざわざこんな地下房までやってきた目的は、ふたつ。魔女の器の顔を見ること、そして、よほど俺が生きていては都合が悪いのだろう、死を確認することらしい。やくざも裸足《はだし》で逃げ出すほどの下衆《げす》ぶりだ。どれだけ身分が高くても、品格ばかりはどうにもならない。

「誰だよ、あんた」

察しはついていたものの、あぐらをかいたままあえて問う。

「貴様！　エノーラ妃に向かってなんという無礼を！」

即座にお付きが叱責してくる。

は、と俺は吹き出した。

「エノーラ妃？　ってことは王妃自らわざわざ会いにきてくれたって？　こりゃすげえ」

俺の返事がお気に召さなかったようだ。

「いいわ」

嫌悪感もあらわにお付きを制した王妃は、扉の外にいる看守に命じた。

「でも、この男はいますぐ処分して」

驚いたのは背後に立っていた看守だ。

「……処分、とは？」

王妃に問う声音に、戸惑いがこもる。

苛立たしげに、王妃はその言葉をくり返した。

「何度も言わせないでちょうだい。遅いか早いかのちがいでしょう。魔女の器なんて——のうのうと生きていると思うと、怖くて眠れないわ」

「し、しかし……私は、ここまで案内してきただけですので」

「短剣くらい持っているんじゃないの？」

やわらかな口調ではあるものの、これは命令だ。看守がおろおろする理由も、おそらくわからないのだろう。

「エノーラ様」

そこへ新たな男が現れる。

エノーラ様と呼ばれた王妃は、彼を見ると途端に口許のハンカチを外し、笑顔になった。

「まあ、こんなところにいらっしゃるなんて、どうなさったの？」

真っ白なローブを身につけた、長髪の男。紋章だろうか、ゴールドのペンダントをつけ、よく見ると襟や袖口には繊細な金糸の刺繍が施されている。

いったい誰だ？

王妃がその疑問に答えた。エウシェン宰相、と続けて呼びかけたのだ。

この男が、かのエウシェン宰相か。王の信頼厚く、その美貌や平民出身も相俟《あいま》って民の人気も高い名宰相。

「そのお言葉、そっくりお返ししますよ。ここはエノーラ様が来るような場所ではありません」

宰相の一言を、そうね、と王妃は素直に受け入れる。これまでの頑なさが嘘のようだ。

「でも、わたくし、この男が生きているのかと思うと怖くて、毎晩悪夢を見るの。きっと民も同じだと思うわ。魔女も魔女の器ももう二度と害をなすことはないと知るまで、安眠はできないでしょう？」

王妃のおねだりに、宰相は微苦笑を浮かべる。普段から手を焼いているようだと窺えたが、宰相が思案したのは短い間だった。

「仰せのとおりに」

「は？」

驚いたのは俺だ。放置プレイをあっさり覆し、王妃の我《わ》が儘《まま》を聞き入れるとは予想だにしていなかった。名宰相ではないのか。

「王妃の仰《おつしや》ることはもっともです。この者には、魔女にふさわしい刑を執行しましょう」

即刻、と宰相がつけ加える。

「本当？」

王妃の顔がぱっと輝いた。

「では、今晩わたくしはぐっすり眠れるのかしら？」

ええ、と宰相。

ひとの生き死にをまるで天気の話でもするかのような軽いやりとりですませるなんて、冗談じゃねえ。しかも、今晩だと？

「てめえら、いいかげんにしろよ」

声が上擦ったのは飲まず食わずだからで、けっしてビビっているせいではない。が、情けない反撃になったという自覚はある。

案の定、宰相はこちらに一瞥《いちべつ》もくれない。

「ただし、なにぶん急なことですので民への告知は不十分になるでしょう。おそらく不満が出ると思います」

「だとしても民の安寧のためと言えば、きっと理解を得られるわ」

「そうですね」

宰相は王妃の言いなりだ。

「やべえな、あんたら」

ふたりは、俺の声など雑音くらいにしか思っていないのだろう。幸福度が高い？　名宰相？　笑わせてくれる。

「もしかしたら、カミーロ小隊長がなんらかの動きを見せるかもしれませんし」

ぼそりと呟いた宰相の目が、初めてこちらへ流された。

「……っ」

その瞬間、ぞわっと背筋に悪寒が走り、肌が粟立《あわだ》ったのがわかった。ほんの一瞬だったにもかかわらず、心拍数が上がり、息を詰める。

この感覚には憶えがあり、宰相を凝視した。

夢で見た、アルマと話していた男。顔は不明瞭だったが、虫が這い上がるような悪寒をあのときも感じた。

まさか――。

「では、本日の夕刻に」

宰相の言葉に、王妃は満足げに口許を綻ばせる。

倒れ込むようにそのまま横になった俺を無視して、宰相は王妃をエスコートして半身を返した。

「……っ」

期待どおりの展開に、息を呑む。

宰相のローブの裾がひるがえった瞬間、足元が覗いた。心許ないランプの明かりであっても、ブーツに施された刺繍を確認するには十分だった。

「やっぱりてめえか」

ふたたび上体を起こし、先刻までと同じようにそこであぐらをかく。不思議なくらい恐怖心は消えていた。

あるのは怒りだけだ。

アルマがなぜ宰相と会っていたのか、理由はわからない。それでも、この男が評判どおりではないというのは確かだ。

宰相が動きを止め、振り返った。

その双眸には、これまでとはちがって俺に対する興味があった。

「どうなさったの？」

王妃が小首を傾げる。

「なにも。この者と少し話をしてみます。エノーラ様は先に上へ戻ってください。ここは空気が悪いので」

「エウシェン宰相は相変わらずお優しいのね」

その一言を最後に、王妃はお付きと看守を引き連れて去っていく。鉄扉が閉まると、薄暗い地下房にふたりきりになった。

「ここは死の山と呼ばれているようだね。居心地はどうだい？」

「いいように見えるか？」

そんな話をしたくて残ったわけではないだろう、と言外に含ませる。

せっかちだと言いたげに、指でこめかみを押さえてから、宰相は本題に入った。

「本当に、おまえのなかにアルマの魂があるのか？」

正しくはアルマではなく聖獣リルだ。でも、この男に教えてやる義理はない。

「だったらなんだ」

宰相との距離は、二メートルほど。

「よっぽどアルマの存在が邪魔なんだな。まあ、都合が悪いか。皇太子派のはずの宰相様が、じつは王の早急な死を望んで裏で糸を引いていたなんてバレたら、その時点で終わるもんな」

カマをかける。

さあ、なんと答える？

些細《ささい》な表情の変化も見逃すまいと、宰相をじっと見据えた。

「もしそうだとしても——その程度で私が終わると思われているとは、見くびられたものだ」

宰相は、心外だと言いたげに首を横に振った。

「そもそも私は皇太子派なんて明言した憶えがない。勝手に周囲がそう思い込んでいるだけだ」

無難な返答だ。

「つまんねえな。はっきり答えろよ」

「つまらなくても事実だからね。実際、次期王がどちらになろうと私は構わない」

「潰し合えって言ってるようにも聞こえるぞ」

これにも、至って冷静な返事があった。

「まあ、それならそれでも」

宰相の本音だろう。どうせもうすぐ処刑される男相手だからか、自己顕示欲を満たすためなのか、すでに取り繕う気すらないらしい。

「てめえ……遊び半分かよ」

アルマはこんな奴にいたずらに振り回されたあげく、死ぬはめになったのだと思うと、むしょうに腹が立つ。最悪だ。

「生き延びて、俺が全部ゲロってやる。いまの言葉も、てめえがアルマの背後にいたことも洗いざらいぶちまけてやるからな」

覚悟しやがれ。

睨みつけてやると、宰相は口角を上げ、整った顔に笑みを浮かべた。ぞっとするほど美しい笑みだ。

「前向きなのは結構なことだけど、万が一生き延びたとして、誰がおまえの話を信じるだろう」

そのとおりだ。「魔女の器」だなんだと言われたところで、いや、だからこそうさんくさい男の言葉を信じる奴なんて、エリク以外いないだろう。

「アルマは、端からあきらめていたから、黙秘したんだな。無実だったのに、誰も信じてくれないから——」

「それはちがう」

宰相が、ひょいと肩をすくめる。

「アルマは無実じゃないし、黙秘したのは、秘術を行った事実を知られるわけにはいかなかったからだ。なぜって、知られてしまえば、死後術者本人が永遠の責め苦を受けるだけではすまなくなる。血縁者、聖獣も一蓮托生《いちれんたくしょう》」

「———」

「と、言われている」

ようやく合点がいったと思った途端、

「くだらない迷信だ」

当の宰相が一蹴する。

アルマの気持ちを「くだらない」と否定されたことが不愉快で、わからねえだろと食い下がった。

「てめえもあの世を見たわけじゃないのに、簡単にあしらうな。多少でもその可能性があるならって、アルマは黙って、ひとり逝ったんだろうが」

家族を、リルを守るために。

「わかるんだよ」

にい、と宰相がまた笑った。今度の笑い方には、ぞっとするようなおぞましさを感じ、じわりと汗が額に滲んだ。

「……いや、待て。けど、アルマはあんたに知られてたんだろ」

だとしたら、黙秘に意味はない。

「私は別。そもそも反魂の術を教えたのは私だから。もっとも正確ではなかったらしいけど」

わざと不正確なやり方を教えたんじゃねえか。いかにもこいつならやりそうだ。くそ野郎なんて表現は生やさしい。アルマの処刑に平然としているばかりか、最初からそれを計算していた可能性すらある。

「だから……っ」

続けようとした言葉を宰相がさえぎる。

「もう十分。今度はこちらの質問に答えてもらおう」

宰相が一歩、距離を縮めた。

「小隊長はどこにいる？　不思議なんだが、なぜ彼は、どこの馬の骨とも知れないおまえを逃がすような愚かな真似をしたんだろう」

不思議そうに首を傾げる。

なにを言ったところで、非道な宰相にエリクの苦悩を理解できるはずがない。

「自己満足だってよ」

いま思えば、エリクらしい返事だ。エリクは明確な信念を持っている。

「てめえにはわからねえだろうよ。エリクは真逆の人間だ。残念だったな。俺をやったところで、必ずエリクがてめえの正体を暴くぞ。首を洗って待ってやがれ」

宰相は冷笑を浮かべたままだ。

「自己満足か。ならば、おまえを助けるために、のこのこと現れるかもしれないね」

そう言うが早いか、宰相はこちらに向かって手を伸ばしてくる。

「なに……しやがるっ」

足首を摑まれ、ぐいと引っ張られて、俺に抗う術はなかった。

弱っているからではない。万全であっても、たいしてちがいはなかっただろう。どう見ても普通の範疇と言える体格にもかかわらず、どこにそんな力があるのか、いとも簡単に引きずられてしまう。

ガタガタした岩肌で背中を厭と言うほど擦られ、焼けつくような痛みに呻く。宰相はこちらに視線を流すこともなく、鼻歌でも歌わんばかりの軽い足取りで進んでいく。

「放せ……っ」

宰相の手を外させようと蹴り上げたり、左右に振ったりしたところでなんの効果もない。まるで子犬扱いだ。後頭部をぶつける痛みもさることながら、背中が悲鳴を上げる。濡《ぬ》れた感触は出血のせいだろう、抉《えぐ》れたにちがいない激痛に、なにもできず歯を食いしばって耐えるしかなかった。

ほんの五分足らずで宰相に対する怖れを抱くには十分だった。

この男は、普通ではない。ただの極悪野郎とはちがう。いったい何者だ？

鎖の梯子もなんなく上がりきり、洞窟の入り口まで来る。

外へ出られたというのに、喜びはなかった。俺ができたのは、外の明るさに目をぎゅっと閉じることだけだ。

「歩ける？」

まともに答える余力もない。

「無理そうか。仕方がない。大事な生き餌だからね」

ため息交じりでそう言った宰相は、ようやく手を離したかと思えば、今度は荷物同然に抱え上げ、自身の馬の上にのせた。

「ああ、でも、暴れられると困るな」

頭を手で摑まれる。

「……にしやが……る」

切れ切れの悪態など無意味だ。なにがどうなったのか、ぐっと指で締めつけられるとわずか数秒で目の前が真っ暗になり、俺はそのまま昏倒《こんとう》した。

「触んじゃ、ねえ……！」

かっと目を見開くと同時に吼える。

我に返って真っ先に目にしたのは、いつか見た光景だった。広場。官僚たちのいた観覧席。柵。ギャラリーがまばらなせいで、前回より見晴らしがいい。いや、それ以前に大きなちがいがある。

処刑されるのは、俺自身だ。

処刑台に縛られ、足許《あしもと》には焚き木が積まれている。いつ火がつけられてもおかしくない状況だが、そうされないのは俺が生き餌だからだ。

「あいつ、ぜってえ許さねえ」

熱を持ち、疼《うず》く背中はおそらくひどい有り様だろう。自慢の吉祥天をずたずたにしたからには、必ず目に物を見せてやる。

根元からぽっきり折れてしまいそうな気持ちを、意地でなんとか繋ぎ止める。宰相への怒りがいまのモチベーションだ。

時折吹く風が砂を舞い上げるだけで、周囲は静まり返っていた。柵の向こうの民衆はまばらで、なかなか刑が執行されないせいで飽きてきたのか、帰る者もちらほらといる。

おそらく警備隊がどこかにひそんでいるはずだ。もしかしたら宰相も高みの見物を決め込んでいるのかもしれない。

「魔女の器」

斜め後ろから声をかけられ、はっとして顔をそちらにやる。処刑台の階段を上がってきたのは、エリクの上司、オドネル大隊長だった。

「まだそういう目ができるのか」

呆れたようにかぶりを振った大隊長は、エリクの名前を口にした。

「貴様に少しでも自責の念があるなら、いますぐエリクの居場所を吐け。エリクにとっては最悪の結末になった。貴様が我を通したせいで、このままではエリク本人ばかりか、カミーロ家も失墜する」

大隊長の非難に、ぐっと胸が締めつけられる。家を持ち出されては、一言の弁明もできない。天涯孤独の自分とエリクでは、失うものの大きさがちがう。

「エリクには輝かしい未来が約束されていたのに、大いに期待していたのに、貴様のせいですべて台無しだ。私は、心の底から怒っている」

だが、大隊長のお気持ちに関してなら、いくらでも反論があった。

「こっちもあんたらには怒り狂ってるよ。中央ってところは、エリク以外くそ野郎の集まりだ」

「この期に及んでまだそういう口をきくとは、どこまで面の皮が厚いんだ」

「面の皮の厚さなら、そっちも負けてねえだろ。俺は当たり前のことしか言ってないんだよ」

プッと唾を吐く。

上品な大隊長様の癇《かん》に障ったらしい。

「時間の無駄だったようだ」

眉間に深い縦皺を刻むと、踵を返して階段を下りていった。だが、その背後、階段の下に控えていた男を見てぎょっとする。この期に及んでという言葉が文字どおりの意味だったと知るはめになった。大隊長に気を取られていたが、その男の手にあるのは松明《たいまつ》だ。

「……嘘だろ」

こいつらが本気なのはわかっていた。半面、心のどこかでまだなにか手があるはずだと思ってもいた。

全身から汗が噴き出す。背中の痛みも感じなくなり、頭に血が上る。心臓が異様な速さで脈打ち、肺の奥がきりきりし始めた。

炎を目の当たりにして、ようやく実感が湧く。今日までなんとか切り抜けてきたが、いよいよそのときが来た、と。

男がゆっくりと階段を上がってくる。その顔にはなんの感情もない。ただ自身の責務を果たしているだけだ。

「ちょっ……と待ってくれ」

声をかけても無論返事はない。

松明の火が近づいてくる。メラメラという音まで聞こえるほどの距離になったとき、ふいに脳内に映像が浮かんできた。

これが走馬灯というヤツか。これまでの人生が脳内を駆け巡り——いや、そうではない。

頭のなかで動いているのは、俺の人生には無縁だった大勢の民衆たちだ。歓喜の声を上げ、盛り上がる民衆たちにひどく切ない気持ちになってくる。

わたしはいったいなにをやっているのだろう。なにをやったのだろう。ただ一言、お母さんに会って謝りたかっただけなのに。

我が儘言ってごめんなさい。大嫌いなんて、あれは嘘。本当は大好きだったのに、力を使ったことを咎《とが》められて、ひどい言葉をぶつけてしまった。

本当にごめんなさい。

結局秘術は失敗続きだったばかりか、口車に乗って王を呪ったあげく処刑されるなんて——最低の娘ね。

リルも、ごめんなさい。いつも案じてくれたあなたを解放したのは、道連れにしたくなかったから。

心配してくれたのに、わたしはあなたに少しもふさわしくない魔女だった。

「……怖いよ、お母さん。リル」

無意識のうちに言葉がこぼれ出る。

これは、アルマの思念だ。アルマの恐怖が、俺のものとなって身体じゅうを震わせる。

知らず識《し》らず涙が頬を伝っていることに気づいたけれど、両手をくくりつけられているせいで拭うこともできない。

アルマ、あんた、野郎に騙されたんだな。

せめてもの慰めにと脳内のアルマに語りかける。あんたは、喧嘩別れになってしまった母親に一目会って、謝りたかっただけだった。ある日突然病に倒れ、そのまま意識を取り戻さなかった母親に謝るためだけにあんな奴に操られてしまった。

おそらく取引を持ちかけられたのだろう。

反魂の術を教える代わりに王を呪え、と。

愚かというならそうかもしれない。だが、誰がアルマを責められるというのだ。問違っているとわかっていても、どうしてもあきらめきれないことがあった。それだけの話だ。

リル、とまたアルマはその名前を呼ぶ。

リル。わたしがあの男にそそのかされたりしなければ……あなたは、あの男を嫌っていたのに、わたしが……自分を過信、した……ばかり、に……リル……リ……。

直後、アルマの口から悲鳴が上がる。

断末魔の叫びだと、脳内が真っ赤に染まったことで察した。

「……惨《むご》すぎる」

激しい怒りと憐憫《れんびん》から、ぎりっと歯噛みをする。こみ上げてくるどうしようもない悲しみは、きっとリルのものだ。

「……熱っ」

直後、熱風に煽られ、俺は現実に戻る。

松明を持った男はすぐ傍まで来ていて、いままさに焚き木に火をつけようとしているところだった。

「待った！　ちょっとの間でいい。俺の話を聞いてくれ！」

懸命に話しかける。情けなかろうがなんだろうが、ここでくたばるわけにはいかなかった。

「魔女の器の言葉だぞ。ちょっとくらい聞いたって損はないだろ」

いくら頼んでも男は無表情だ。

「てめ。火をつけたら呪ってやるからな！」

とうとう松明の火が焚き木に押しつけられる。絶体絶命のピンチに、冗談じゃねえぞと叫んだのと、なにかが飛んでくるのが見えたのはほぼ同時だった。

びゅんと音がして、男の手から松明が離れ、階段を転がって落下する。なにが起こったのか、松明には矢が突き刺さっていた。

「まさか」

はっとし、即座に矢が飛んできた方向へ視線を向ける。

「エリク！」

エリクだ。グスタフに跨《また》がったエリクが、馬上から矢を放ったのだ。

「さすが俺の相棒！　愛してるぜ」

だが、火あぶりを免れたからといって、喜んでばかりはいられない。エリクのおかげで助かった、それはとりもなおさず生き餌役を果たしたことになる。宰相の思うつぼだ。

マントをなびかせ、放たれた矢のごとく、瞬く間にエリクは駆けつけてくる。

「気をつけろ！　俺は餌だ」

エリクへの忠告は、わらわらと湧いて出た百人単位の警備隊に阻まれた。剣や槍《やり》を手にした警備隊は、あっという間にエリクを取り囲む。誰ひとり声を上げる者はいない。暗鬱とした空気が広がり、ただ風の音と、重い足音が響く。

エリクの背筋はぴんと伸びていて、表情には微かな決意すら窺える。まるでその場から逃げることは許されないとでもいうように、自身を包囲している警備隊を見渡していた。

ふいに、隊員たちが割れ、道を空ける。愛馬に跨がった大隊長が、一際《ひときわ》渋い表情で現れた。

「投降しろ。カミーロ小隊長。悪いようにはしない」

その声も渋く、硬い。

ふ、とエリクが苦笑した。

「宰相はそう仰らないでしょう」

そうだ。宰相だ。宰相がアルマをそそのかした張本人だ。と、俺が伝えるまでもなかった。

「じつは、アルマの祖母にお会いしました」

エリクは無事に目的を果たしたようだ。不休で戻ってきたのだろう、疲労が見える一方、その目は確信に満ちていた。

「これを」

胸元から取り出した書状を、大隊長に差し出す。つかの間迷うそぶりを見せた大隊長だが、馬を進めてエリクに近づいていった。

エリクが書状を渡すと、その場で大隊長は目を通した。

いったいなにが書かれているのか、固唾を呑んで凝視する。この展開が想定外だったのは隊員たちも同じで、皆困惑している様子だ。

「本物です」

そう言ったエリクに、大隊長が顎を引く。

「わかっている。魔女の落款《らっかん》。これを偽造するのは無理だ」

「はい」

魔女の落款？　なんだかわからないが、アルマの祖母から受け取ったものにちがいない。

じりじりとしつつ先の展開を待つ。大隊長は黙ったまま、なかなか口を開こうとしない。

どうなってんだ。

焦《じ》れに焦れた頃、ようやく重い口が開かれた。

「ひとまずこの書状は預からせてくれ。確認しなければならないことがある」

「それで――」

　エリクが進言するまでもなかった。大隊長は、周囲に向かって右手を上げた。

「ゼロ番の処刑は延期。カミーロ小隊長の身柄はいったん私が預かる」

　隊員たちがざわめく。物見遊山的にやってきた数人の官僚たちも大隊長の判断に驚いたのか、不穏な雰囲気が漂う。

　理由は問わなくてもわかる。いかに親衛隊の大隊長とはいえ、これほどの重要事項を勝手に決める権限はないのだ。それでも、大隊長は一言で強引に推し進める。

「すべての責任は私が負う」

　もしも判断が誤りだったときは、自身も処分される覚悟があるという意味だ。エリクがいけ好かない野郎だと思っていたが、どうやら俺が間違っていたらしい。エリクが慕っていたのも頷ける、なかなか骨のある男だ。

「これ、解《ほど》いてもらえるんだよな」

　まさか処刑台に縛りつけたままってことはないだろ、と松明係の男に話しかける。早くしてくれと暗に急かすと、男はそれどころではないとばかりにあたふたと去っていった。

「あ、おい！」

　舌打ちをしたあと、処刑台から大隊長を呼ぶ。

「話がある」

駄目元の申し出に、大隊長はひらりと馬から下りてこちらへ歩み寄ってきた。

「なんだ。言ってみろ」

「アルマを騙し、裏で手を引いていたのはあの宰相だ」

否定されるのは承知のうえだ。

老人のような緩慢な動きで一度瞬きした大隊長は、それについてはなにも答えなかった。

「この男の拘束を解いて、独房に放り込んでおけ」

否定も肯定もせずに部下に命じたあと、離れていき、またエリクに向き直る。

「カミーロ小隊長は私と一緒に」

処刑台から解放される間、一抹の不安を残したまま俺は立ち去るふたりの後ろ姿を視線で追った。書状の中身がなんだったのかわからないだけに、これからどうなってしまうのか、まるで見当がつかなかった。

第六章　最凶バディ

大隊長の後ろに従いながら、エリクは凜《りん》とした馬上の背中に向かってこうべを垂れる。

「一刻を争う状況だったとはいえ、勝手な行動に出て申し訳ありません」

まずは隊から指名手配犯を出すはめになったことを謝罪する。大隊長は失望したはずだし、部下の不始末を責められもしただろう。

「そうだな。一言相談してほしかった。もっとも、けっして認めなかっただろうが」

それは立場上仕方がない。エリク自身、当時もいまも自分が正しいとは考えていなかった。むしろ全体を乱し、個人の都合を優先したのだから、罰せられるのは当然だ。

だが、その前にやらなければならないことがある。

ホーライの無罪放免。罪のない人間を処刑するなど、まっとうな国とは言えない。

腐敗は必ずはびこり、国家に不利益をもたらす。

「大隊長」

「いまはなにも言うな」

前を向いたまま馬を走らせる大隊長が、先回りして止める。

「まだ混乱しているし、この件に関しては私の手に余る」

もっともな言い分だ。処刑の延期にしても、本来の職務を大きく逸脱しているのだ。すべての責任を負うという宣言は、大隊長にとっても苦渋の選択だったにちがいない。

「ありがとうございます」

背中に向かってそれだけ言い、あとは命令に従って口を噤《つぐ》んでいた。

しばらく黙って走っていたエリクは、大隊長がどこへ向かっているのかを察した。

アルムフェルトの中心にある、宮殿だ。病床の王が静養地には行かず、王宮内に止《とど》まっているのは、王自身の強い意向だと聞く。

「まさか王に」

宮殿に入ることができたとしても、現在王に謁見できる者は限られている。王妃と皇太子、実弟を除けば医師と宰相のみだ。それにしても、事前申請が必要だと聞く。

門の前で馬を下りる。

門衛がぎょっとした顔をしたのは、手配犯の自分が一緒にいるからだろうが、構わず堂々と門を通る大隊長のあとにエリクもすました顔で続いた。

宮殿内に足を踏み入れたのは、子どもの頃と、小隊長に任命されたときの二度だ。いつ目にしても豪奢で美しい宮殿だが、いまは造形を堪能《たんのう》する余裕がない。なにを考えているのか、大隊長が終始無言であることも拍車をかける。緊迫感が後ろ姿から伝わってきて、自ずとエリクも息を詰めていた。

王の寝室の前には護衛がふたり。彼らは、門衛のようにはいかない。

「面会のお約束がないのであれば、お通しするわけにはいきません」

大隊長もこの対応は織り込み済みだったのか、急用だと言い張る。

「ここで断って大事に至れば、あなた方、責任取れますか？」

迫力に押されて一瞬黙った護衛は、やはり首を横に振った。

「申し訳ありません。どうしてもと仰るなら、事前に宰相の判断を仰いでください」

そうはいかないから、こうして来ているのだ。

お手上げだ、と途方に暮れたエリクだったが、驚いたことに大隊長は寝室の扉に向かって大声で叫んだ。

「陛下！　ヴィクトル・オドネルです。お加減が優れないのは重々承知していますが、緊急事態ゆえ面会の許可をください。処罰はいくらでも受けます」

「……大隊長」

捨て身のやり方に目を剝く。と同時に、あらためて尊敬の念を抱いた。

唇を引き結んだエリクも倣う。

「私はエリク・カミーロです。どうかお願いします」

慌てた護衛に止められても、声を上げ続けた。

「陛下！　どうかお目通りを」

しかし、それもここまでだ。

「騒がしいと思って来てみれば」

宰相がやってくる。その背後には屈強な側近も従えている。反射的に大隊長の前に出たエリクに、宰相はいつもどおりのやわらかな表情でほほ笑みかけてきた。

「手配犯の身で王に面会を望むとは、命乞いでもしようと？」

反して、声音にはぞっとするような冷酷さがある。

「オドネル大隊長は、どうして手配犯を拘束しないのだろう。勝手に魔女の器の処刑を延期したようだし、まさか、部下可愛さのあまりあなたも罪人になるおつもりか？」

大隊長の返答を待つ気など、宰相にはなかった。すぐに右手を上げて、捕らえるよう側近に指示を出す。

相手は、いずれも高度な訓練を受けている最強の側近たちだ。争いになればただではすまない。せめて書状を持つ大隊長だけでも逃がさなければ。

自分ひとりで抵抗を試みようとエリクは決め、足を踏み出す。だが、次の瞬間、身体が固まりまったく動けなくなった。

「……うっ」

ぎゅうぎゅうと肺を締めつけられ、呼吸すらままならない。脇差しを握った手は震えるばかりだ。

背後で大隊長も呻いている。

「エウシェン、宰……」

宰相の額から目に向かって、黒い文字が蠢《うごめ》いたのをエリクは見逃さなかった。

「魔――」

キンと大きな耳鳴りがしてなにも聞こえなくなる。視界もぼやけ、脳みそを掻き混ぜられているかのような感覚に全身が怖気立《おぞけだ》つ。なんとか意識はある状態だが、それもいつまで保つか。

護衛に両腕を捕らえられては、なにもできない。霞む目で大隊長を確認すると、同じように無抵抗だった。

「反逆者としてここで斬り捨ててもいいが、宮殿内で血を流しては後々面倒事になりかねない。オドネル大隊長とカミーロ小隊長は逃亡したことにしようか」

混濁する意識下で、宰相の言葉を聞く。

「ひと働きしてもらったあと、死の山へ案内しよう」

死の山……いつだったか噂で聞いた。死の山の地下房には人骨が堆く積まれている、と。実在したのか。

「その前に、胸元の書状をもらおうか」

抵抗の術はない。大隊長に歩み寄った宰相が、書状を奪い取る。それを開くと、ふっと目を眇《すが》めた。

「従順なふりして、やってくれる」

宰相の頬が引き攣っているように見えるのは、けっして勘違いではないだろう。

アルマが祖母に宛てた手紙。内容は祖母への詫びとお礼だったが、それとは別に仕掛けが施されていた。

祖母の手によって書状から浮き出た文字。アルマがこれまでしてきたこと、これからすることがしたためられていた。そこにははっきりエウシェン宰相の名もあった。反魂の術を完成させる方法を教えるのと引き換えに、アルマをそそのかしたエウシェン宰相の企みのすべてが書状には隠されていた。

「魔……術使い、か」

懸命に声を発す。なんとか周囲に知らせたかったからだが、

「う、ぁっっっ」

いっそう締めつけが強くなり、ぎしぎしと骨が軋んだ。全身から一気に脂汗が噴き出す。喉が焼けるようだ。

意識が遠退いていく。

これまでか。

「く……っ」

――は？　なに弱気になってんだ？　あきらめるんじゃねえよ。

ホーライの声が聞こえたような気がした。ここにもしホーライがいたなら、きっと憎らしい顔で薄ら笑いを浮かべるにちがいない。しっかりしろよバディ、と肩を叩いてきて。

うるさいです。そんなこと、あなたに言われるまでもありません。

せっかく宰相の不正を暴く証拠をアルマが残してくれたのだ。いま屈しては元も子もない。

しっかりしろ。踏ん張っていたら、必ず突破口が見つかるはずだ。

朦朧とするなか、自我を保とうと唇の内側を血が滲むほど噛み、懸命に思考を巡らせた。

どうする。目の前にいる宰相に、どうすれば脇差しが届くのか。

いや、考えるのはやめだ。

力を振り絞れ。エリク・ファルクマン・カミーロ！

「ぅおおおおお！」

全身全霊を込めて叫び、脇差しの刃を握りしめる。じわりと滲んだ血が滴り落ちるのを目視すると同時に、足を大きく踏み出した。

再度吼え、血に濡れた手で脇差しを振るう。せめて一太刀浴びせたい。その一心で宰相に斬りかかり――。

「……届いた」

安堵と歓喜から眼前の宰相の顔を見た瞬間、エリクは床に倒されていた。

「きみも、なかなかしぶとい」

腕を押さえつつ、宰相がすぐ傍にしゃがむ。

必死で息をしようとするが、ひゅーひゅーと喉が鳴るばかりだ。あっという間に呼吸困難に陥る。

凄《すさ》まじい魔力だ。

「ところできみは、あの男が魔女の器だと信じているのか？」

秘密を打ち明けるかのように、宰相は声をひそめる。

どういう意味だ。急にこんなことを聞いてきた理由は？　もう頭が回らない。

「ぅ……くっ」

酸欠で目の前がチカチカする。

「私は信じているよ。彼がアルマの器だって。なぜなら――」

それでも、耳許《みみもと》で発せられた宰相の言葉は理解できた。

「宰……」

なんということだ。大隊長に……ホーライに伝えなければ……。

雷鳴が轟《とどろ》く。まるで不吉なことが起こる前触れのように。

にこやかな宰相の顔を見たのを最後に、とうとう瞼が落ち、ブラックアウトした。

＊　＊　＊

独房に舞い戻ったのは、よかったのか悪かったのか。

考えるまでもない。確実によかった。少なくとも処刑が延期になってラッキーだったし、あの穴――地下房よりはマシだ。なによりよかったのは、独房に入れられる前に水が飲めたことだろう。

渇ききった喉にはまさしく命の水で、生き返った心地がした。まもなく昼食だと聞いたときには、俺はやっぱり持ってる男だと思った。

他の囚人たちがぶつぶつ呟く声や、叫声にも懐かしさを覚える。ひとつ残念なのは隣がカールではないため、会話ができない点だ。隣人に声をかけてみたが、うるせえと一蹴されてしまった。

「余裕こいてる場合じゃないけどな。結局、どうなったんだ？」

エリクは？　大隊長は？

おそらくふたりならうまくやってくれるはず、そう思いつつ最悪の事態が頭に浮かび、すぐに振り払う。最悪を想像したところで意味はない。いまこそポジティブになるべきだ。

飯のことを考えよう。

ベッドに腰かけて待っていると、まもなくそのときがやってくる。相変わらず質素で、ほとんど味もしないが、わけのわからない穀物と豆のごった煮が空きっ腹にはこのうえないご馳走だった。

ゆっくり咀嚼《そしゃく》し、嚙み締める。最後の一粒まで平らげると、忘れるほど久しぶりに両手を合わせた。

「ごちそうさまでした」

人心地ついたところでベッドであぐらをかき、目を閉じて心で語りかける。

リル。俺はまだピンピンしてるぞ。なのに、おまえがくたばっちまってるわけないよな。根性見せろ。

目を開けた俺は、意を決して自身の右腕を確認した。

見慣れた黒いアゲハ蝶がひとつ。やはりリルは……。

「いや」

もう一頭、まだうっすら形が見える。リルがまだ消えていない証拠だ。

「よし、踏ん張れよ。消えてなきゃなんとでもなる」

胸にこぶしをやり、ぐっと力を入れる。

宰相の悪事を白日のもとにさらすことこそ本懐。それこそリルが俺を召喚した理由だと信じている。

だとすると、俺がまず考えるべきはどうやってここから出るか、だ。

「物理的に鉄扉を壊すのは無理だ」

魔法が使えたなら簡単なのに。

扉よ、開け〜。開け〜。開け、ゴマ。

「なにやってんだ、俺」

もちろん扉はそのままだ。

はあ、と長いため息をついた。

「みんなを煽って暴動を誘発してみるか。少なくとも拘束しようと看守がやってくるよな」

隙を見てなんとか鍵を奪えれば。

そのとき、雷鳴のごとき轟音《ごうおん》が耳をつんざく。反射的に手を耳にやった俺の目の前で、ギギと軋みを上げながら鉄扉が開いた。

「え」

まさか魔法が成功した？　などと一瞬突飛もない考えが頭をよぎったけれど、そんなわけがない。

なにが起こったのか、扉が開いたのは俺の独房だけではなかった。

「カール！」

通路を走る囚人たちのなかにカールを見つけ、呼び止めると、急げとせっつかれる。

「誰かが看守から鍵を奪って、かたっぱしから扉を開けて回ってるらしい。出られるぞ」

「お、おう」

いったい誰が、と疑念は残るものの、ぼやぼやしている場合ではない。せっかくの好機だ。

外へ向かう囚人たちに交じって、カールとともに走る。雑居房はすでにもぬけの殻で、外は自由を得た囚人たちで沸き立っていた。

昼間にもかかわらずどんよりと暗い。いまにも大粒の雨が落ちてきそうだ。暗さに乗じて、あっという間に囚人たちはちりぢりになる。

処刑等のイベントがない限り普段は閑散としているだろう収容所の周辺にはどういうわけか人だかりができていて、雑然としていた。

明らかにおかしい。なんだ？　なぜ突然扉が開いた？

後者の疑問はすぐに晴れた。

「ホーライ！」

予想だにしなかった声に振り返る。

「……ユハン」

思ったとおりの顔がそこにはあったが、わからないのはどうしてこんな場所にいるか、だ。隣にはヒューゴとイルマもいる。しかも、その手にあるのは牢の鍵だ。

「おまえらが扉を開けたのか」

うん、と子どもたちは誇らしげに胸を張る。

「イルマのくさで、おれたちがかぎをうばってあけた」

つまりイルマが草と魔術を使って看守を眠らせてから、ユハンとヒューゴが扉を開けて回ったようだ。全部の房を開けたのは、俺の居場所がわからなかったからだろう。

「おまえらのおかげで助かった」

子どもたちを褒め、くしゃくしゃと髪を掻き混ぜる。

「それで、アデル婆も来てるんだろ？」

「きてる。みんな」

「みんな？」

ユハンが大きく頷き、驚くべき返答をした。

「むらのみんな。あと、アルマのばあちゃんも。みんなみんな。ホーライをたすけるって、エリクがいったから、みんなでおいかけた」

昂奮ぎみの説明に衝撃を受ける。

なんでそんなことを……会ったばかりの人間のために、危険も顧みずに乗り込むなんて、どうかしている。

だが、エンヘート村の人たちならそうするだろう。そういう人たちだ。

「いいか。おまえらはここで、看守が目を覚まさないか見張っててくれ。できるか？」

「あたりまえだろ」

頼もしい返答を聞き、

「任せたぞ」

俺は処刑場を目指して走った。

確信があったわけではない。村人が集団で近づける場所といえば、そこしか思い浮かばなかった。

ぽつりと額に雫が落ちてきて、足は止めないまま空を仰ぐ。張り出した分厚い雲から、ぽつぽつと雨が降ってきたかと思うと、すぐに本降りになった。

馬を使ったときはさほど距離を感じなかったが、自力では苛立ちを覚えるほど遠い。はあはあと息を切らして全力疾走しても、見えるのは灰色の荒野ばかりだ。おまけに全身びしょ濡れで、一気に疲労が溜まる。

「はあ……はあ……こんな、ことなら、ジムに、でも行っておけ、ばよかった」

悔やんだところで後の祭りだ。

「は、はあ……くそっ」

というか——なんで俺は必死こいて走ってるんだ。

心臓が爆発しそうなほど激しく脈打つのを感じながら、ふと疑問が頭をよぎる。もしかしなくても、他の囚人たちと同じようにこのままずらかったほうがいいんじゃねえか？　ていうか、駆けつけてなにをするつもりだよ。

知らず識らず速度が落ちる。

考えれば考えるほど、メリットが浮かばない。村人たちと合流できたとして、どうせ宰相にこてんぱんにやられるだけだ。だったらいまからでも逃げて、うまく誰かの荷車にでも乗り込んで、手配書の回っていないド田舎にまぎれ込んだほうが利口だろ？

そもそも俺の目的は、向こうに戻る方法を見つけることだ。

「俺が駆けつけたところで、なにもできねえしな」

とうとう足が止まる。

逆方向へ顔を向けたとき、ユハンとヒューゴ、イルマの顔が浮かんだ。

——あたりまえだろ。

三人の顔に迷いや恐怖はなく、それどころかその目は輝いていた。

次にアデル婆を始め、村人たちの顔が。

駄目押しは、エリクだ。脳内のエリクが、呆れたようにため息をこぼした。

——なによけいなこと考えているんですか。らしくないですよ。

「……んだよ」

めんどくせえな、と舌打ちをする。

わかったわかった。よけいなことを考えず、走りゃいいんだろ。

ぶつぶつ文句を垂れつつ、結局また前へと足を踏み出す。なにもできなかろうが、ここでひとり逃げ出すわけにはいかない。

男として、いや、ひととして世話になったみんなに対してまだ借りを返していないのだから。

「バディも解消してないしな」

頭を空っぽにして、あとはひたすら先を目指した。

雨に煙《けぶ》った眼前に、処刑場が見えてくる。まもなく、そこに集まっている大勢のひとの姿を目視した。

力を振り絞って走り寄ってすぐ、その光景に絶句する。

「なんだよ、これ……」

立っているのは、武装した警備隊だ。ざっと百人以上いるだろう。対して、村人たちは――地に倒れている者、跪《ひざまず》いている者、捕らえられている者。

「てめえら！　なにやってんだっ」

かっと頭に血が上り、我を忘れて怒声を上げる。目の前が真っ赤に染まるほどの怒りで、全身に鳥肌が立った。

警備隊に取り囲まれる。そこにはエリクも大隊長もいない。

「後ろに隠れてんじゃねえよ。てめえは、えらい宰相さんなんだろうが」

どこへともなく吐き出した。警備隊に向かってではなく、陰で見ているだろう宰相に向かって先を続ける。

「アルマを利用して王を葬ろうとした、てめえらしいやり口だよなあ。自分は高みの見物を決め込むって？　マジで卑怯《ひきょう》な野郎だよ」

鼻で笑う。

たとえひとりでも、警備隊のなかに味方してくれる隊員がいれば、とわずかな期待があったのは事実だが、所詮無理な話だった。ひとりとして疑念を抱く者はいない。無表情で俺を囲み、捕獲命令が出るのをただ待っている。

その姿に、あらためて宰相の力を認識した。

自身で思考することを彼らは放棄している。いまの警備隊は、宰相の意のままに動く兵隊でしかない。

「すげえよ。魔導師っての？　いやはや、俺が敵うわけがねえ」

両手を上げてみせる。

「で、エリクは？　手の内にあるんだろ？　俺もここで捕まえたんなら、村の人たちはもう関係ねえってことだ。降参するから、解放しろよ」

警備隊は動かない。とはいえ、腰を落とした体勢をとったままなので、少しでも動けば取り押さえられるのは明白だ。

どれくらいたったか。

観覧席からひとりの男が下りてくるのが見えた。こちらに向かってまっすぐ歩み寄ってきたのは、エリクだ。

「無事だったのか！」

思わず一歩足を踏み出す。途端に警備隊が距離を縮めてきたので、慌てて立ち止まった。

「ユハンに聞いた。おまえが――」

そこで言葉を切る。

エリクは眉ひとつ動かさない。普段のポーカーフェイスとはまったくちがう。他の隊員たちと同じ表情だ。

「……おまえまで」

腹が立ってしようがない。どれだけ他人を弄べば気がすむのか、腹の底から怒りの炎が噴き出してくる。

「うちと敵対していたドクズ組長だって、てめえよりはマシだった」

なにかとちょっかいをかけてきたあの野郎がこの世の中で一番嫌いだったが、今日から奴は二番だ。

「まどろっこしい真似はやめろ。顔貸せよ。俺とサシでやろうぜ」

低く威嚇する。

反応はない。手配犯の捕り物シーンとしては静かすぎるほどで、雨音だけが聞こえている。

「全部の責任を部下に押しつけて、自分は最後まで傍観者って？　誰かの後ろに隠れてなきゃなにもできないとか、単にビビってるだけだろ。ガキだってまだ肝が据わってる。ドブネズミみたいにこそこそしやがって」

心底からの侮蔑を込める。実際軽蔑しているし、すでに恐怖心もなかった。

挑発が効いたのかどうか、ようやく宰相が観覧席に姿を見せる。

「この状況で、その態度。度胸だけは買ってやろう。愚かであることには変わりないが」

宰相は、あくまで余裕の態度を崩さない。

「てめえに買ってもらっても嬉しくないね。ていうかさ、てめえの正体、王様は知ってんのか？　いくら弱ってたって、意識があるなら自分のかみさん誑《たぶら》かされて平気ってことはないだろ」

いけすかない宰相のすまし顔を崩したい一心で、さらに煽る。その傍ら、宰相に操られているエリクをどうにかしたいと、頭を巡らせた。エリクさえもとに戻れば、まだ勝機はある。

「話はそれだけか？」

だが、宰相は平然としたものだ。おまえの浅知恵などお見通しだと言わんばかりの宰相に、内心の焦りを押し殺し、半笑いを浮かべた。

「てめえが王になりたいのか、背後で操りたいのか知らねえけど、結局、欲しいのは金と権力なんだろ？　すました顔して、案外俗物だな」

なんとか引き延ばそうとする。

エリクは相変わらずだし、なんの策も浮かばない。どうする。なにか手はないか。

「金と権力？」

さも滑稽だと言いたげに、く、と宰相が小さく吹き出した。

「言ったはずだが？　王の座にはなんの興味もない。金と権力が欲しいのなら、他にいくらでもやり方はある」

「だったら、てめえの目的はなんだよ」

味方のふりをして王に近づき、アルマを利用して命を狙ったからにはなんらかの目的があるはずだ。

「目的、か」

宰相は顎に手を当て、つかの間考え込んだ。

「そうだな。強いていえば、平穏に飽きたから、かな。囚人の処刑が庶民の娯楽であるように、私も退屈な日常をまぎらわせるための娯楽を求めただけだ。この国を掌握するのは、あくまで二の次」

「な……っ」

なんて言い草だ。身体が震え、言葉も浮かんでこない。

「だから、きみには感謝している。きみという特異な存在が現れてくれてから、俄然《がぜん》愉しくなった。これほどドラマチックな展開になるとは、私も予測していなかったよ」

自身の意のままに動く隊員たちを見回し、満足げにほほ笑む。言葉どおり、イレギュラーないまの状況を愉しんでいるようだ。エリクのように俺を操らないのもそのためだろう。

こいつは、端から己の一人勝ちを確信しているのだ。

「なんでアルマを巻き込んだ。ひとりで愉しめばよかったんじゃねえのか」

「彼女は必要不可欠の演者だからね。実際、スケープゴートとして、よくやってくれた」

アルマが王を呪った理由は、反魂の術を完成させたかったから。アデル婆が話していたように、恨みも多少あったのかもしれない。だが、大半は母親に会いたいという単純な想《おも》いだった。

いや、もはやそんなことはどうでもいい。

目の前のこいつが元凶だということ以外は。

両手で自身の頬をパンと叩き、ぐっとこぶしを握りしめる。砂地を踏む足に力を込めた。

うぉぉ、とキャラに合わない雄叫《おたけ》びを上げ、まっすぐエリクに向かって突進する。地面に転がり、揉み合い、真上になったタイミングで、

「悪いな」

腹に思い切りこぶしを入れた。呻き声を漏らして身体をふたつに折ったエリクから、腰の剣を奪う。エリクの動きが鈍いのは、完全に操られていないからにちがいない。本来であれば、運動不足の中年男に剣を奪われるなんて失態を犯すはずがなかった。

「根性で目を覚ませ、相棒！」

その証拠に、エリクの肩がびくりと跳ねる。

「言っとくが、俺はバディを解消したつもりはないぜ」

エリク本人がなんと言おうと、最初から信用していたし、背中を預けられるただひとりの人間だ。突然知らない世界に放り込まれた俺には、唯一のよすがでもあった。

エリクから離れ、今度は観覧席に向かって砂地を蹴った。

「てめえはそこから動くなよ！」

すかした顔に必ず一太刀ぶち込んでやる、頭にあったのはそれだけだ。

「食らいやがれ！」

勢いをつけ大股で階段を駆け上がりながら、ジャンプして剣を大きく振りかぶる。

もう少し——あと二、三メートルで切っ先が届こうというとき、突如身体が硬直する。そのまま床に倒れると、金縛りにあったように、一歩どころか指一本動かせなくなった。

「ぐぁ……」

必死で抵抗しても、どうにもならない。

「いや、惜しかった」

パチパチと拍手をしながら、宰相のほうから近づいてくる。こうなってもまだ笑みを浮かべている宰相は俺を見下ろすと、身を屈めて剣を奪った。

「きみには本当に愉しませてもらった。ありがとう」

切っ先が喉元に押しつけられる。ちりっとした痛みのあと、血の滲む感触があった。

「けれど、即物的だし、ワンパターンで少々飽きてきた」

なんて野郎だ。あくまで娯楽だと言いたいらしい。

「自分を……神かなんかと、勘違いしてんじゃねえか」

傲慢という言葉では足りない。唯一自由になる両目で睨みつけてやると、まさかと宰相は答えた。

「きみと同じだよ」

同じ？　こいつはなにを言ってやがるんだ？

「てめえが、なんで俺と……」

「オルガ・ヴァンプラード」

オルガ、ヴァンプラード？

「大オルガと書物には記されているかな」

大オルガ。オルガの祖母。二百年前の事件の首謀者で、不世出の魔女。戦いのすえ、大オルガはひとりで大勢の犠牲者を出した廉《かど》で、当人はもとより親兄弟に至るまで処刑されたという。

「彼女は自分の力を試したかっただけだ。国家に背いた大罪人とされているが、大きな力を持つ者が思い切りそれを振るってみたくなるのはごく自然な感情だと思わないか？　そしてその後、一族まで処刑された彼女が、次こそうまくやろうと考えるのも自然だろう？」

「……なにが言いたい」

「鈍いな」

うんざりした様子の宰相を前に、厭な予感がして顔をしかめる。

まさか——。

「魔女の器がきみひとりだと？」

「てめえ……」

「大オルガの器だ」

ごきゅっと喉が音を立てた。

「私は反魂の術に成功し、大オルガにこの身を捧げた。だから、きみは到底私に敵うわけがないんだ。大オルガは、史上最強の魔女だからね」

「――――」

呑み込むまでに数秒を要する。

が、いったん理解すれば、それほど奇異なことではない。宰相の言ったように器は俺ひとりではなかった、それだけの話だ。

「敵わない。そうかもしれねえな」

ふん、と鼻を鳴らす。

「まあ、俺はてめえには敵わないんだろう。けどな、だからなんだっていうんだ。そんなのいちいち考えてたら、なにもできないだろ。俺がてめえをぶっ倒すって決めたんだ」

四肢を動かそうと力を入れる。汗だくになってもがく自分はさぞ無様に見えるだろうが、あきらめるつもりはなかった。

「きみは本当に面白いな」

宰相が感心したとでも言いたげに目を見開く。

「そうかよ」

「でも、さようなら」

そう言うが早いか宰相は剣を持ち上げ、俺の喉めがけて振り下ろす。

反射的に腕を前に出して急所を守ったが――覚悟していた衝撃はいくら待っても来ない。その理由は明白だ。

俺の前には相棒の頼もしい背中。

「……エリク」

宰相の剣を、エリクが脇差しで弾《はじ》いたのだ。

「別れの挨拶を返すのは、まだ早いですよ」

しかもこの台詞。

「惚《ほ》れ惚《ぼ》れするほど格好いいじゃねえか」

まさに主役。ヒーロー。俺の目は正しかった。

「それで、あなたは？」

エリクが肩越しに一瞬、視線を投げかけてきた。

「格好いいところを見せてくれないつもりですか？　最凶なんでしょう？」

煽るのもうまいときている。

「ああ、最凶だ。俺はこっからなんだよ」

見てろよ、と親指を立ててみせる。不利な状況は続いていても、気分はよかった。

いまなら負ける気がしない。

「なぜ動けた……？」

驚きに目を見張った宰相だが、すぐに合点がいったようだ。

「レイア、あなたか」

その名前を口にする。アルマの手記にあった名前だ。聖女、レイア。

彼女は宰相の背後から、その清らかな姿を現した。

「それでも、これほど早く反応できたのは、その方の意志の強さでしょう」

透き通るような白い肌、金色の髪。純白のドレスを纏ったレイアはまさに聖女の名にふさわしい見た目だ。

エリクに遅れること十数秒、聖女の登場によって隊員たちも正気に戻っていく。さらには、倒れていた村人たちも、傷ついてはいるものの次々と起き上がった。

「さすがですね。どんな魔力も無にしてしまう」

肩をすくめた宰相に、レイアは柳眉をひそめた。

「エウシェン様。これは、どういうことでしょう」

レイアの問いかけに、宰相は笑みを深くする。

「ちょうど凶悪犯を捕獲したところです。いけませんね。あなたはこんな血腥《なまぐさ》い場所に来るべきじゃありません。どうぞ隠聖境に戻って、王のための祈りを続けてください」

レイアの顔が曇る。王の身を案じているのか、それともいまこの状況を憂いてのことなのかは判然としない。

睫《まつげ》毛を伏せ、ひとつ息をすると、レイアは宰相へ向き直った。

「アルマの術には到底敵いません」

レイアの口からアルマの名前が出て、はっとする。

もっとも驚くことではないのかもしれない。アルマの手記に「レイア」の名が出てきた。

「そんなことはないですよ」

宰相が、子どもに言い聞かすかのようにゆっくり話す。

「現に陛下の病状は小康状態を保っているでしょう。あなたの祈りがなければ、おそらくとっくに——」

「いいえ」

レイアがかぶりを振った。

「陛下が小康状態を保っておられるのは、アルマが、姉さんがそれを望んだから。きっと初めからそのつもりだったんだと思います」

いまにも泣き出しそうにレイアの顔が歪《ゆが》む。

「姉さんは、本当はとても優しいから……っ」

そこで声を詰まらせ、顔を伏せたのは涙を堪えられなくなったせいかもしれない。

一方で、俺が驚いたのはそこではなかった。

姉さん?

大罪人のレッテルを貼られたアルマと聖女レイアは姉妹だったのか。

それで……とようやく合点がいく。レイアへの雑言。あれは、妹を巻き込みたくないという姉としての気持ちの表れだったのだ。家族にまで累が及ぶという迷信を信じて黙秘を貫いたのも、レイアを思うからこそだった。

立ち上がり、エリクを見る。

エリクも意表を突かれたらしく、目が合うと何度か頷いた。

レイアの話は続く。

「エウシェン様。姉さんは、必ず仕掛けをしているはずです」

ふたたび顔を上げたレイアは泣いていなかった。表情もこれまでとは打って変わって毅然《きぜん》としていて、宰相に立ち向かう。

「王は回復します。そのとき、あなたの正体が明るみに出るでしょう」

「――――」

誰に対しても優位に立っていた宰相が、初めて黙り込む。その顔から薄ら笑いも消えた。レイアの登場は状況を一変させるには十分だった。

「まあ、そうなるかもしれませんねえ」

芝居がかった仕種《しぐさ》で、宰相は天を仰いだ。

「有能で、慈悲深い宰相という役回りは気に入ってたんだけど」

こちらへ顔を戻したときには、蛇のごとき文言が額や頬、首にまで這っていた。

夢で見たアルマのそれと似ているが、根本が異なる。いま目の前にいる宰相には悲しみがないし、なにより邪悪な空気が漂っている。

「てめえが言ったんだろ。レイアはどんな魔力も無にするって」

無駄なことを、と言外に込める。無駄であってほしいと願いながら。

しかし、そううまくはいかなかった。

「なんだ？」

ゴゴッという鈍い音が耳に届く。それが地鳴りだと気づいたのとほぼ同時に、足元がぐらつき、咄嗟に観覧席の手すりに摑まった。

「どうなってんだよ」

答えたのはエリクだ。

「気をつけてください。次になにが起こるかわかりません」

「ああ。てか、自然現象にまで干渉できるのかよ」

「物理的に起こしているんだと思います」

「マジで？」

これが大オルガの力だというのか。次第に大きくなる揺れに、立っているのがやっとだ。

「大丈夫か」

レイアを見ると、彼女は座り込んでいたが、一心に祈りを捧げていた。到底敵わないと知っていても、そうせずにはいられないのだ。

たとえ相手が、最強と謳《うた》われた魔女であっても。

「どうする、エリク！」

手すりに摑まった状態で、エリクに話しかける。すぐ近くにいても、雷と地鳴りのセットのなかでは声を張らなければ届かない。

「わかりません。でも、なんとかしなければ」

「ああ」

強風が吹き荒れる。激しい風は砂を巻き上げ、視界を絶つ。

一面灰色に覆われる。轟々《ごうごう》とうねる大地。荒れ狂う風雨。

世界の終わりを連想させる光景だ。

わああ、と叫び声が聞こえた。そちらへ顔を向けると、あちこちで人々が竜巻に巻き上げられていた。それが隊員なのか村人なのかすらわからない。

「くそっ」

手すりに掴まっているだけの自分が情けなくて、歯噛みをする。宰相がまさかここまでの力を持っているとは……想像もしていなかった。

こんな規格外の奴を相手に、どうしろと？

器といっても、所詮こっちはデカい猫だ。

「ホーライ。私が囮《おとり》になるので」

エリクが脇差しを手渡してくる。

「……こんなもん、役に立つのかよ」

あきらめたわけではない。が、こんな脇差しひとつでは、宰相に近づくことすら無理だ。

「役に立たないかもしれません。でも、なにもしないよりマシだろ」

「え」

「って、あなたなら言うんじゃないですか」

がつん、と頭を殴られたような衝撃だった。

わけのわからない世界に飛ばされたことより、宰相の恐るべき力を見せつけられているいる現状より、いまのエリクの一言のほうがよほど胸にこたえた。

そのとおりだ。大事なのは、勝ち負けを算段することではない。

「さすが相棒。わかってんじゃないか」

「相変わらず単純で助かります」

「だろ？　やられっぱなしで引き下がってたまるかって」

エリクの脇差しを押し返した。

「囮は俺が引き受ける」

「しかし」

「四の五の言わず、俺に任せなさい」

丸腰で囮になるのが危険なのは百も承知だ。もとより無傷でなんとかしようなどと都合のいいことは考えていない。それに、皆同じだ。

エリクにレイア。村の人たち。

誰しも我が身が傷つくのを顧みず、戦っている。

「用意はいいか」

「いつでも」

エリクの返答に頷いた俺は低い体勢をとる。残ったすべての力をみなぎらせ、溜め、地面を蹴った。

「おおおおおお！」

宰相めがけて捨て身のタックルを仕掛ける。後先なんて考えていられない。好き放題やってくれた敵に向かって、ざまあみろと言ってやれればそれでよかった。

「ぐあっ」

だが、直前でなにかに追突し、身体が止まった。見えない壁があるとしか思えず、ぶつかった痛みも忘れて、目の前の宰相を凝視する。

あと少し。ほんの一メートルほどなのに……届かない。

脇差しを握ったまま、エリクもなんとかしようと抗っているけれど、やはりそれ以上進めないようだ。

こちらに向かって伸ばされた宰相の左手にうねる文字まではっきり見えるというのに。

「いいかげん認めるべきだ。どう頑張ったところで、私には勝てないと」

宰相が口角を吊り上げる。

「反魂の術を使い、自ら望んで最強の魔女の器となり同化した私ときみの差は、けっして埋まらない」

だったらなんだ。

確かにいまでも好きでリルの器になったわけじゃないと思っているし、これからだってきっとそこは変わらない。リルはリル。俺は俺だ。

「くそっ！」

なんとか突破しようと全身に力を入れても、ほんの少し進めたかと思えば、次の瞬間には大きく押し戻される。力量の差は如何《いかん》ともしがたい。

ふと、背後からの声に気づく。ひとりではない。大勢の声だ。振り返った俺は、その声の正体を目にした。

村人たちだ。無理な体勢で踏ん張りながら、皆必死で祈っている。そのなかには、村人を支える隊員の姿もある。

「エリク」

「ええ。必ず突破しますよ」

アイコンタクトを交わした、まさにその刹那、俺は俄《にわか》には信じられない光景を目にした。

レイアの傍に、ぼんやりと人影が浮かび上がっている。その靄のような人影は、レイアに寄り添い、両腕でしっかり彼女を包み込む。

それだけではない。人影はこちらを向き、ほほ笑んだ。

「ホーライ」

エリクに呼ばれ、はっと我に返ったときにはすでに見えなくなっていたけれど、如実な変化となって表れた。

「……なにが、起こったのだ」

宰相が初めて困惑の表情を見せる。それもそのはず、呪言を発しても、これまでのような威力はない。顔の文字は消え、風雨も弱まっている。

「ばかなっ……どうして……」

いまや宰相の顔には完全に焦りの色が見える。何度術をくり返そうと同じだ。力を増したレイアによって無力化された宰相に、村人たち全員の祈りが届く。魔術に祈りが勝った瞬間だった。

「仕留めるぞ」

「わかってます」

愕然《がくぜん》とし、立ち尽くす宰相に、エリクとともに襲いかかる。

剣に対して、脇差しとこぶしで戦うことに微塵の怖れもなかった。

「おまえたちは、さっさと殺しておくべきだった」

エリクの脇差しを剣で防いだ宰相が、心底憎らしいとばかりに睨みつけてくる。

「ほざけ。ていうか、自分が倒される最凶バディの名前くらい憶えとけ。いいか、俺は、蓬莱慶司だ。で、こっちが相棒の――」

「え、ここで名乗る感じですか」

「感じだよ！」

「……エリク・ファルクマン・カミーロです」

厭そうに鼻に皺を寄せつつ、エリクが渋々口にする。

「最凶バディだ。脳みそに刻んどけ！」

宰相への攻撃を続けつつ、だ。

魔術なんていう厄介な力を排除してしまえば、わかりやすい。どちらが喧嘩に強いか、簡単な話だった。

「おまえたちなど……」

剣を大ぶりした宰相の身体が傾いだ。その一瞬を逃さず、渾身《こんしん》の力でこぶしを腹にめり込ませる。

「ぐっ」

畳みかけるようにエリクが足を払って宰相を地に這わせ、さらに脇差しを喉へ押し当てた。

「お……おまえ、こんなことが、許されると思っているのか……っ」

醜態をさらしてなおそんな台詞を吐く宰相には、状況が見えていないようだ。この場に宰相の味方をする者などいない。今度は彼こそが国家に背いた大罪人として裁かれる番だ。

「いくらてめえがラスボスを気取ったところで、所詮魔女の威を借りなきゃなにもできない小物だったってことだ」

さいなら、と同じ言葉を告げ、今度は顔面めがけてこぶしを叩き込む。ボキッと歯の折れる音がし、宰相は脳しんとうを起こしたのか、白目を剝いた。

「ざまあみろ。俺らの勝ちだ」

終わった。

昏倒している間抜け面を見下ろし、念願だった一言を浴びせかけたあとはもう用はない。一刻も早く立ち去るのみだ。

後始末は隊員たちがしてくれるだろう。

「いててて」

ほっと息をついた途端、あちこちに痛みが走り、エリクの肩を借りなければまともに立てないような有り様だったが、気分は晴れやかだった。

「あー……腹減った。眠い。風呂入りてえ」

とりあえず頭に浮かんだことを並べる。

「そのどれもできますよ。もっともここから一番近い町まで、半刻ほどかかりますが」

「あああ！　嘘だと言ってくれ」

一気に疲労感が増した。うなだれた俺に、

「あの」

歩み寄ってきたのは、レイアだ。アルマの妹。

「あなたは、姉と親しかったのですか」

その頬に残る涙の筋で、俺が一瞬見たアルマは幻ではなかったのだとわかる。年端もいかない頃に別れたあとも、姉妹は互いを想ってきたのだろう。

「俺か？　俺は通りすがりのおっちゃんだよ」

その一言だけ言って、観覧席を下りる。

「重いんですが」

文句を言いつつも肩を貸してくれるエリクとともに処刑場を離れながら、さっきの出来事を口にした。

「アルマがレイアを手助けするところを見たんだけどさ」

いつ？　どんなふうに？　本当に見えたんですか？　などと野暮な質問は一切せず、エリクは頷いた。

「そうですか」

「なんか、俺を見て親しげに笑いかけてきたんだよ。やっぱいい男だから？」

「あなたがリルだからでしょう」

「ここは素直に同意しとけよ」

「だってあなた、倒れた宰相に向かって、にゃあって歯を剝いてましたからね」

「は？」

そんなわけあるか。

「またまた。さすがにない。騙されねえぞ」

「言いましたね。俺らの勝ちにゃあって」

「………」

絶対嘘だ、なんて言い切れない。リルこそが、一番この瞬間を待っていたにちがいないのだから。

「いや、でも、にゃあとは絶対言ってない」

断固として否定しながら、右腕をそれとなく確認する。そこにはしっかりと二頭の蝶が舞っていて、覚えず笑みが漏れた。

「しかし、俺ら頑張りすぎだろ」

身体じゅうの痛みに顔をしかめる。

そうですね、と同意してから、

「自己満足なので」

エリクがそう答えた。

最高の返答だ。

「自己満足だな」

空を仰ぐと厚い雲はいつの間にか消え、大地には陽光が降り注いでいた。

駆け寄ってきたのは、大活躍した三人組、ユハンとイルマ、ヒューゴだった。

「ホーライ。エリク」

「無事だったか！　よかった」

ユハンの髪に手をやり、くしゃくしゃと掻き混ぜる。誇らしげな顔をしたユハンが、後ろを指差した。

「ばあちゃんがにぐるまでおくるって。いっしょにむらにかえるよな」

期待のこもった六つの目に見つめられて、辞退するという選択はない。なにより帰る場所があるのはありがたかった。

「ああ」

やったと喜ぶ三人を見ると、なんとも言えないあたたかい心地になる。知り合った当初は手懐けて損はない、くらいの感覚だった。いまの自分には確実に子どもらへの情があって、それがなんだか不思議な感じがした。

「私は残ります。報告もありますし、最後まで見届けたいので」

警備隊の隊員としては当然だろう。責任感の強いエリクであればなおさらだ。

「わかった。村にいるから、いろいろ片づいたら俺にも教えてくれ」

相棒、と右のこぶしを突き出す。

断られるかと思ったが、少々決まり悪そうにではあったものの、エリクはそこに自身のこぶしをぶつけてきた。

「またな」

「ええ」

それを最後に二手に分かれる。俺は子どもたちと一緒に村人たちのもとへ、エリクは隊員たちのいるほうへと歩きだした。

終

牛とロバが草を食《は》んでいるその横で、グスタフが緑の大地を踏みしめ、悠然と走っている。

「いや〜、極楽だな」

木陰であぐらをかいた俺は、アデル婆の特製クッキーを抓みながら、温泉にでも浸かっているような心地で牧歌的な光景に目を細めた。

「ここの者は強い魔力こそ持たないが、草木を育てることは得意だからのう」

隣でアデル婆が答える。

「なによりすげえ能力だろ」

実際、村人総出で、小さかった草地をグスタフのためにあっという間に拡大し、広々とした草原にした。その向こうには豊富に水を湛えた湖もあり、動物たちにとっては文句なしのロケーションだ。

もちろん人間にとっても。

忘れ去られた村、貧困の村がまさかこれほど豊かな地だとは、外の者は誰ひとり想像していないだろう。

エンヘート村の人たちは、秘密を守ることに関しても得意らしい。

「それで、向こうに帰るための方法は見つかったのかい？」

「あー……その件な」

四つの疑問はとりあえず解決したものの、最後のひとつ、五だけはまだだ。

少し前に事情を打ち明け、もとの世界に戻るためのヒントはないかとアデル婆に問うた。アルマの手記を読む傍ら、それらしき記述はないかと常に探してもいた、が。

「いったん中断」

この一言だけで、アデル婆は察したようだ。皺の刻まれた口元を微かに綻ばせた。

どうしてそんな心境になったのか、自分でもはっきりしない。アルマの意志を継いで──などと言うつもりもなかった。

エンヘート村に学校を作りたい。それが、自由を得た俺の新たな目標となった。

もとの世界に戻ることをあきらめたわけではないが、いったん棚上げにしてこちらを優先するだけの価値はある。

「ユハンが喜ぶな」

口元を綻ばせたアデル婆の顔からは、俺に対しての警戒心はすでに消え去っている。

俺のほうは言わずもがなだ。潜伏した場所という以上に、いまは村の生活が気に入っている。最初は驚いたでこぼこした石の道も、簡素な造りの家も落ち着くと思うようになったのだから、つくづくひとの感覚は当てにならない。住めば都だ。

「さて、そろそろ昼飯でも作るか」

腰を上げ、アデル婆に手を振ってから自宅への道をのんびり歩いて戻る。家の扉を開けたとき、エリクと三人は食卓で額をつき合わせていた。

「よくできてます」

子どもに好かれないと言っていたわりには、エリクの臨時家庭教師は順調だ。文字にまったく触れてこなかったユハンたちは、まさにスポンジ。学びが愉しくてたまらないのか、朝訪ねてくるや否やテーブルにつき、時間を忘れて学習に取り組んでいる。どうやら他の子たちも勉強したいと希望しているようで、規模を拡大する準備を始めたところだ。

「ほんとに？」

目をきらきらさせるユハンに、エリクが唇を左右に引いた。

「本当です。スペルミスもなく模写できてます」

「やった～！」

いまやっているのは、エリクの書いた文章を音読し、書き取るという作業だ。イルマとヒューゴも花丸をもらい、はしゃいでいる。

なかなかどうして板についている「カミーロ先生」と子どもたちの授業風景を眺めつつ、俺は五人分の昼食作りに取りかかった。

「なにか手伝うことは？」

エリクが隣に立つ。

「あー……じゃあ、スープの鍋見てくれ」

「わかりました」

鍋をエリクに任せ、俺は飲み物とサラダを作る。

「すごいですよね。語学にしても算術にしてもあっという間に憶えてしまう。賢い子たちです」

「あいつら、エリクに褒められたいんだ。そりゃ頑張るだろ」

普段は親衛隊として中央で働いているエリクは、定期的に休みをとり、エンヘート村にやってくる。毎日手荒な俺（そんな自覚はないが）と勉強しているせいで、エリクがやってくるのを子どもたちは首を長くして待っているのだ。

「なんだよ」

どこか浮かない顔のエリクを窺うと、端整な面差しに苦笑が浮かんだ。

「それに比べて、私はまるで上達しません。料理のセンスがないんでしょうね」

本気で落ち込んでいる様は年相応に見えて、思わずにやついてしまうほど可愛げがある。いまをときめく親衛隊の中隊長（今度の件で昇進したらしい！）が、まさか料理が上達しないことに悩んでいるなんて、部下たちは思いもしないだろう。

「まあまあ、誰にも得手不得手はあるから。それに、なんでも簡単にこなしてもらっちゃ、年長者として俺の立つ瀬がないだろ」

慰めのつもりで肩を叩くと、下を向いていたエリクの目が上がった。

「そうですね。あなたは少しも乗馬がうまくならないですしね」

「え、それいま言う？」

ちょっと油断するとこれだ。

先刻、グスタフから落ちた際に打った腰が急に痛みだし、舌打ちをする。同情するようなグスタフのまなざしを思い出せば、よけいに痛みが増した気がした。

「じゃあさ、おまえの料理と俺の乗馬、どっちの上達が速いか、勝負しようぜ」

軽いノリの提案に、エリクの双眸がぎらりと光る。なんのかの言っても、負けん気の強い男だ。

「望むところです」

「どうせなら賭けるか。負けたほうが裸踊りってのはどうだ？」

「…………」

「なんだ、負けるのが怖いのか？」

返事がなかったことを揶揄《やゆ》し、肘で突くと、うんざりしたような視線が流された。

「くだらないと呆れていただけです。いいですよ。後悔しても知りませんから」

「そっちこそ」

くだらないからこそいいんだ。

はは、と笑い飛ばしてから、子どもたちを振り返った。

「ガキども、飯だ。ありがたく食えよ」

はーい、と三人の声が揃《そろ》う。

「またガキって……ユハンたちが真似したらどうするんですか」

「おまえはほんと堅苦しいな」

いつものように和気藹々《わきあいあい》と食卓を囲む。話題はもちろん「くだらない」ことだ。誰かが酔っ払って転んだとか、夫婦喧嘩したとか、ロバの糞《ふん》がでかかったとか。

「ごはんおわったら、グスタフにあいにいこう」

ユハンの提案に、いこういこう、とイルマとヒューゴが賛同し、昼飯が終わるや否や飛び出していった。

「ったく、体力有り余ってんな」

うらやましいぜ、と三人を見送る。

「さて、大人は大人でちゃっちゃとやるか」

顎をしゃくって誘った俺に、エリクが続く。向かう先は書斎だ。

アルマの手記と蔵書の一部を改装した地下に運び込み、もとの書斎を増改築する計画だった。

資材を運んでくるのは、もちろん調達屋、マヤだ。マヤもすっかり村に打ち解け、いまでは用がないのに訪ねてくる日もある。

書斎の使用目的は、とりあえずのフリースクール。参加したい子どもが、参加したい日に来ればいいというスタンスで始める予定になっていた。

普段エリクは中央の仕事があるため、スタッフとして村人の手も借りながらになるので、一歩一歩ゆっくり進めていくつもりでいる。

「で？　結局、あの野郎はどうなったんだ？」

作業の傍ら水を向ける。

エリクも同じく、作業の合間に話し始めた。

「詳細は秘匿事項なので私もよく知りませんが、聞いた話ではどこかの地下房に監禁し、扉も塞いだそうです。そのうえで結界を張り巡らせたといいますから、二度と陽の光を見られる日は来ないでしょう」

地下房と聞いて、背筋が寒くなる。もし俺と同じ「死の山」の地下房で、扉まで塞がれたのであれば、確かに二度と外へは出られない。

「結界ってことは、レイアか。あの姉ちゃんもパワーアップしてるし、安心だな」

「姉ちゃんって……聖女ですよ」

本気で厭そうな顔をするエリクに、へえへえとなおざりに答える。

「ガキと言ったり、姉ちゃんと言ったり、本当にあらためる気はあるんですか」

説教が始まりそうになったので、慌てて言葉を繋げた。

「あるある。ていうか、死ぬまで地下房とか、あの野郎にはふさわしい刑だな」

まだ小言を続けたそうだったものの、エリクは頷いた。

「そうですね。彼には、処刑よりも厳しい刑でしょう。民は今度の一件を知らされないまま、彼の名前はいずれ忘れ去られてしまうのですから」

「ああ」

王は回復の兆しを見せていると聞くし、新しい宰相が任命されれば、「エウシェン」の名前が人々の口にのぼることも徐々に減っていく。それほど遠くないうちに、誰もその名を口にしなくなり、やがて忘れてしまう。王妃が被害者扱いされているのは少々不満だけれど、終わりよければすべてよしだ。

同情心はこれっぽっちもない。王を呪い、国家を乱した罪、なんていうのはさておき、アルマや村人たちにした仕打ちは到底許しがたい。

「万事解決ってわけか。だったら、ここからが俺の、俺たちのターンだにゃ」

造りかけの雑然とした書斎を、腰に手を当て眺める。きっとアルマも、村の子どもたちのためだと言えば許してくれるだろう。

「なにがターンなのかはわかりませんが、あなたいま、にゃって言ってましたよ」

作業スタイルもなかなか様になっているエリクが、肩をすくめる。

「は？　言ってないし」

「言いましたね、ターンだにゃって」

「嘘だろ。無自覚とか、大問題だにゃ」

「ほらまた」

エリクの前ならまだしも、子どもたちの前で猫語なんて使った日には、大人としての威厳が台無しになる。

「可愛げが出ていいんじゃないですか」

「いや、猫語なんて使わなくても、俺は可愛げがあるから」

「どこに？」

口が悪いと俺に注意してくる最近のエリクは、以前にも増して毒舌だ。それだけ距離が近くなったと考えれば――まあ、悪い気はしない。

「無自覚で出るのは、リルが元気な証拠だと思ってはどうでしょう」

「確かに」

リルが元気なのが一番だ。なにしろすべての始まりはリルなのだから。

「問題が起こったときは、都度解決していけばいいですし」

エリクは一度咳払《せきばら》いをしてから、こう続けた。

「ここまできたら、仕方がないので私もつき合います」

そうこなくちゃ。

にっと唇を左右に引いた俺は、少し照れくさそうに見えるエリクのまっすぐ伸びた背中を、ぽんと叩いた。

「もう手配犯じゃなくなったけど、俺ら、普通に最凶バディだもんな」

親指を立ててエリクをうんざりさせたあと、頭に巻いた手拭いを締め直し、気合いを入れる。ふいに窓辺に視線を向けたとき、そこに花が置かれていることに気がついた。白やオレンジ、ピンクの花弁がやわらかな風に揺れ、部屋の空気を仄《ほの》かに甘くしている。

「あれは?」

窓辺を指差した俺に、エリクはわずかに目を細めた。村人たちや、さっきまで見せていた子どもたちへの表情とはちがい、どこか複雑な感情がそこにはあった。

「ここへ来る途中、花売りと会ったので。すべて終わったという報告です。一応」

そうか、と俺は返した。
きっとアルマも喜んでいるだろう。なにしろイケメンからの贈り物だ。
そして、エリクにとっては、
──強いていえば、同じ過ちを犯したくないからです。
初志貫徹した証《あかし》でもある。

なあ、アルマ。おふくろさんと仲良くやってるかい？　あんたが逃がしてくれたおかげで、リルは元気だから安心しろよ。

青空に向かってそう呟く。
いろいろあったし、まだ問題は残っているが、なにも持たなかった三十代半ばの男の生き方としてはありかもしれない。いや、絶対にありだ。
俺はそんなことを考えながら、まずは完成に向けてＤＩＹに勤《いそ》しみ、汗を流した。

――本書のプロフィール――

本書は書き下ろしです。

小学館文庫

悪役魔女《あくやくまじょ》に花束《はなたば》を

著者　平里《ひらさと》　浬《かいり》

二〇二五年二月十一日　初版第一刷発行

発行人　庄野　樹
発行所　株式会社　小学館
〒一〇一-八〇〇一
東京都千代田区一ツ橋二-三-一
電話　編集〇三-三二三〇-五六一六
　　　販売〇三-五二八一-三五五五
印刷所　──　中央精版印刷株式会社

ISBN978-4-09-407437-6